往来葉書

鬼のいる庭

詩　岡田哲也

画　小林重予

往来葉書　鬼のいる庭

鹿児島から

前略　ごめん下さい　この本を開いてくださって有難うございます

本書は往来葉書と銘うたれています　私は小林重予さんの絵やコラージュのある葉書に　勝手に詞文をつけて送り返しました　挿し絵という言葉がありますが　私はさしずめ挿し文屋というところです

はじめる時　ひとつのテーマとか物語とかいう相談もありましたが　私にはとてもそんな持久力も構想力もありません　それでも　花や種のこと　光や闇のこと　北と南のこと　男と女のことなどが　くりかえしくりかえし登場します　それはテーマの一貫性というより　私の馬鹿のひとつおぼえのようなものです

芭蕉さんはかつて連句の心を　付かず離れずただ面影にて付くべし　と喝破しています　しかし私はまことに気まぐれで　べったり付きすぎたり　とんで

もなくソッポを向いたり　時にはケンカのように　時には下手な口説き文句のように　時には威丈高に　時には猫だましのように　小林さんの葉書絵に付き合いました　正直　葉書が幸運の手紙のように思える日もあったし　溜った夏休みの宿題か督促状のように感じられる日もあったのです

それがこのような形になって　嬉し恥ずかしのきわみです　この本から　鬼が出るやら　蛇が出るやら　あくびが出るやら　舌打ちが出るやら　それともあなたの胸に　なにかが芽ぶくやら　もし種のような灯が宿るとしたら　それは小林さんの　果てもなければ際もない　太陽のような画心の暖かさです

どうかどこからでも　お好きにお楽しみください

草々

岡田哲也

目次

火の山は
男山か女山か
ほとばしる
マグマは
喜びか
すきとおる
血か

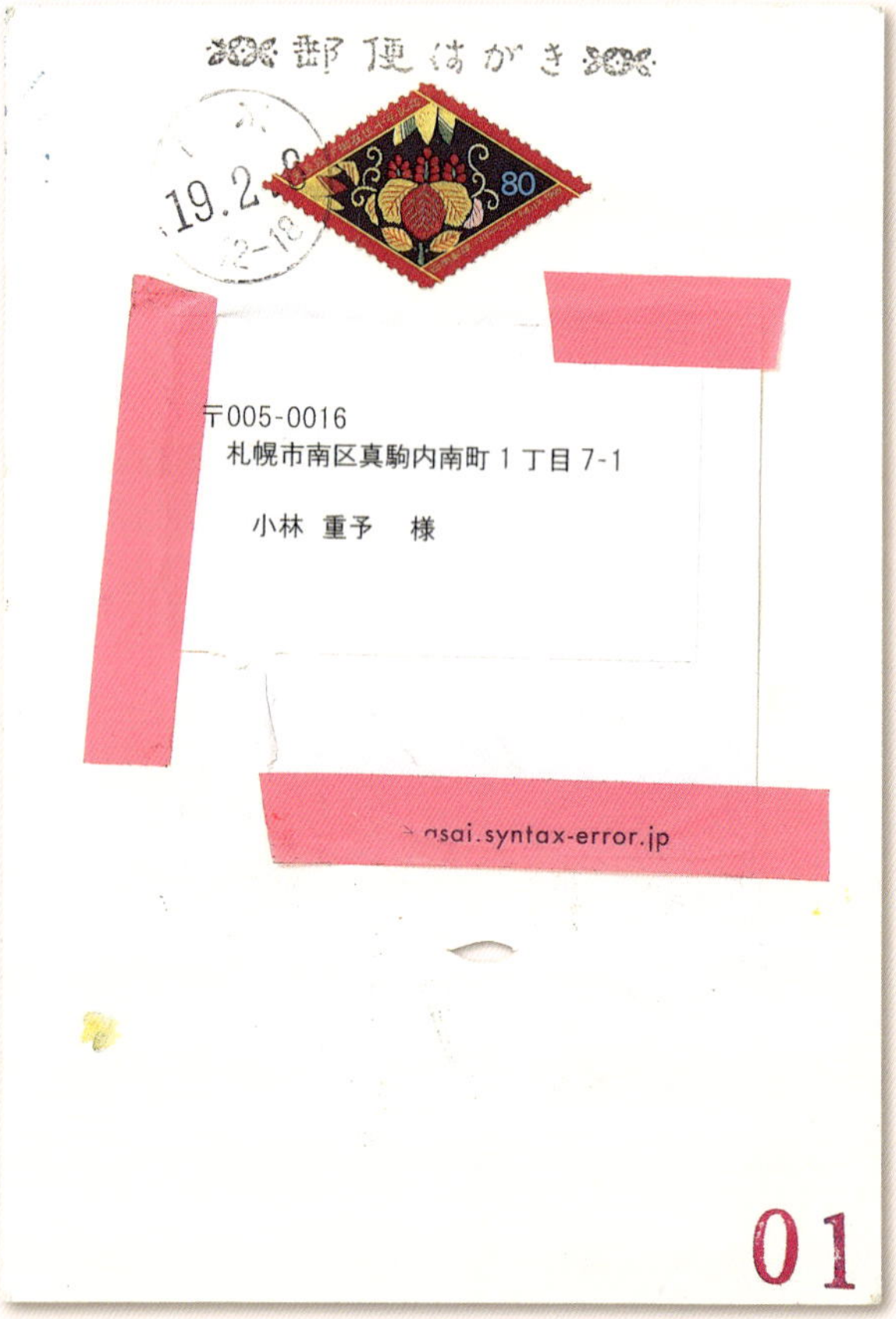

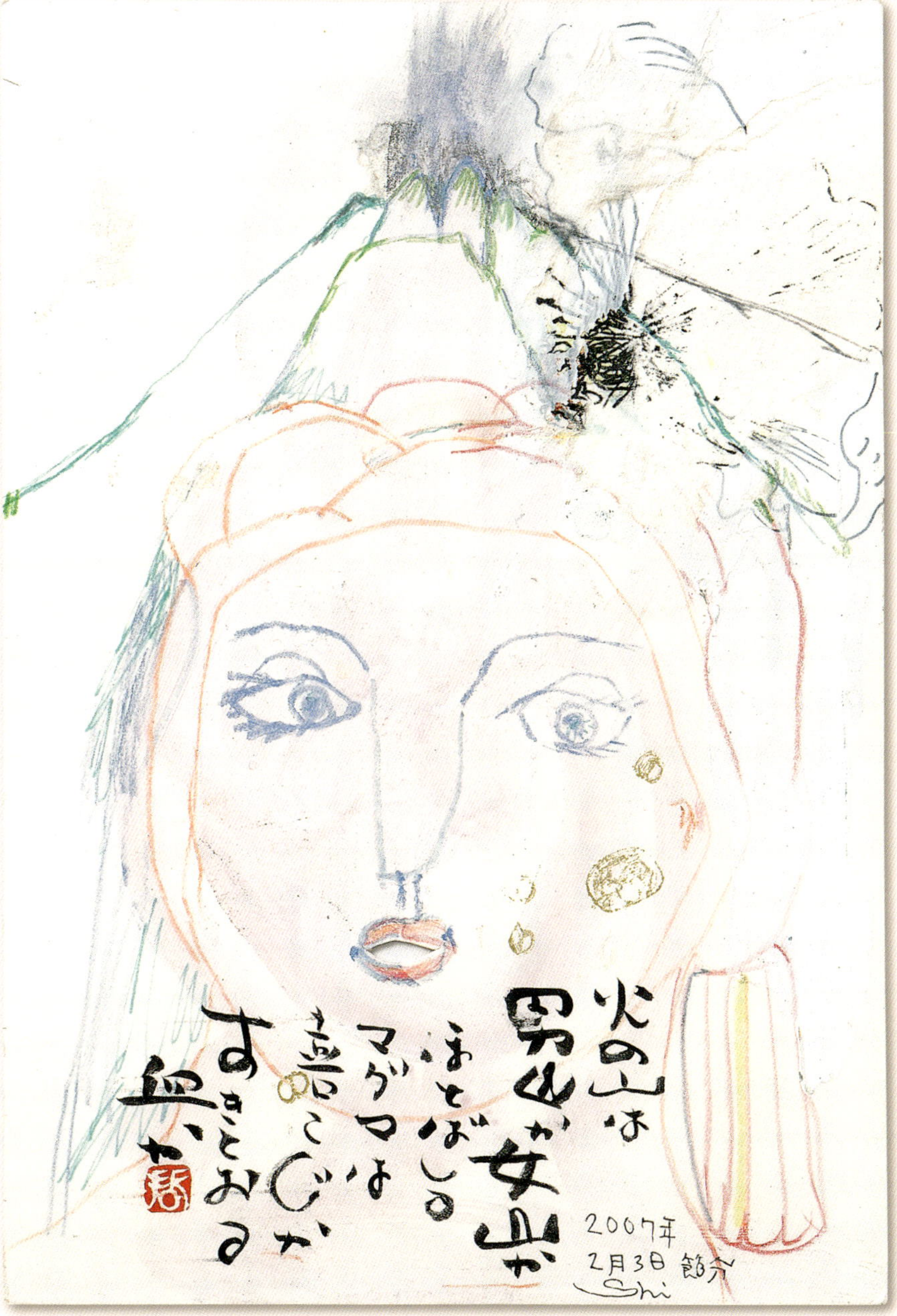

火の山は
男山か女山か
ほとばしる
マグマは
喜こびか
すきとおる
血か
2007年
2月3日 節分
Shi

青虫の
忘れ形見の
蝶なれば
葉のなきあとは
花を
喰らわん

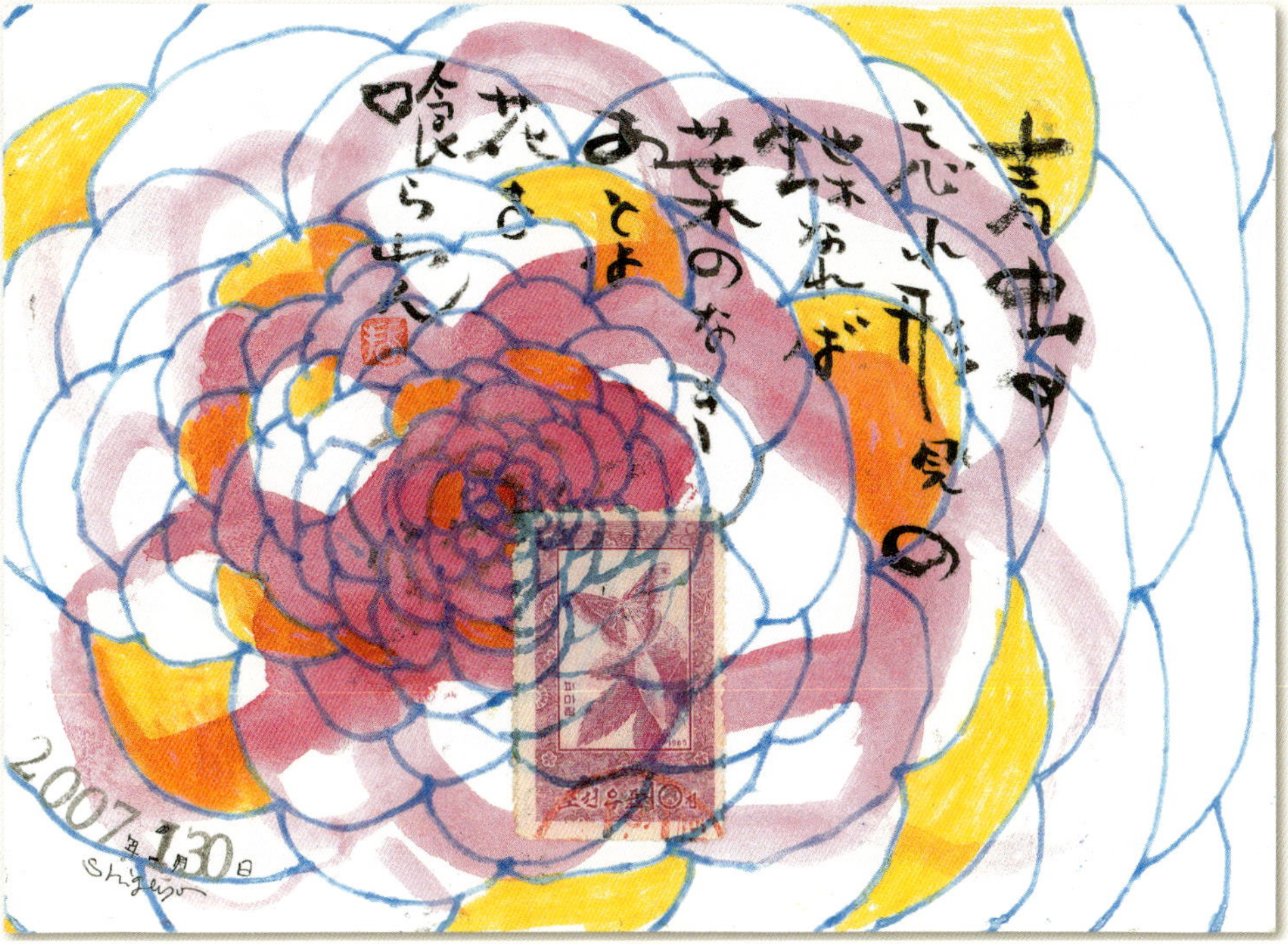
2007年1月30日
Shigeyo

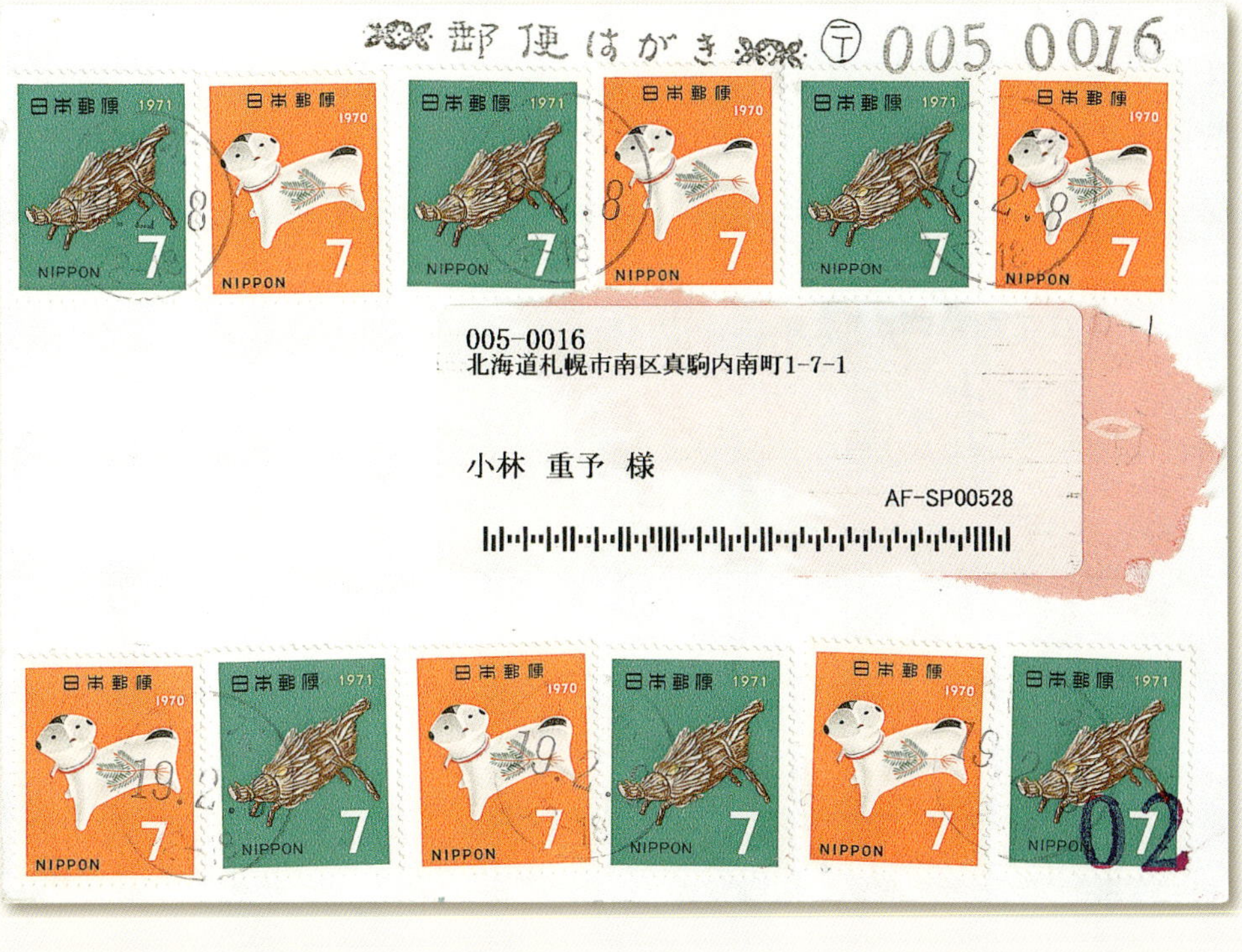
郵便はがき
〒005 0016
日本郵便 1971 7 NIPPON
日本郵便 1970 7 NIPPON
005-0016
北海道札幌市南区真駒内南町1-7-1
小林　重予　様
AF-SP00528

湧いてくる
雪がある
降ってくる
泡がある
私の心は
さかしまじゃないのに

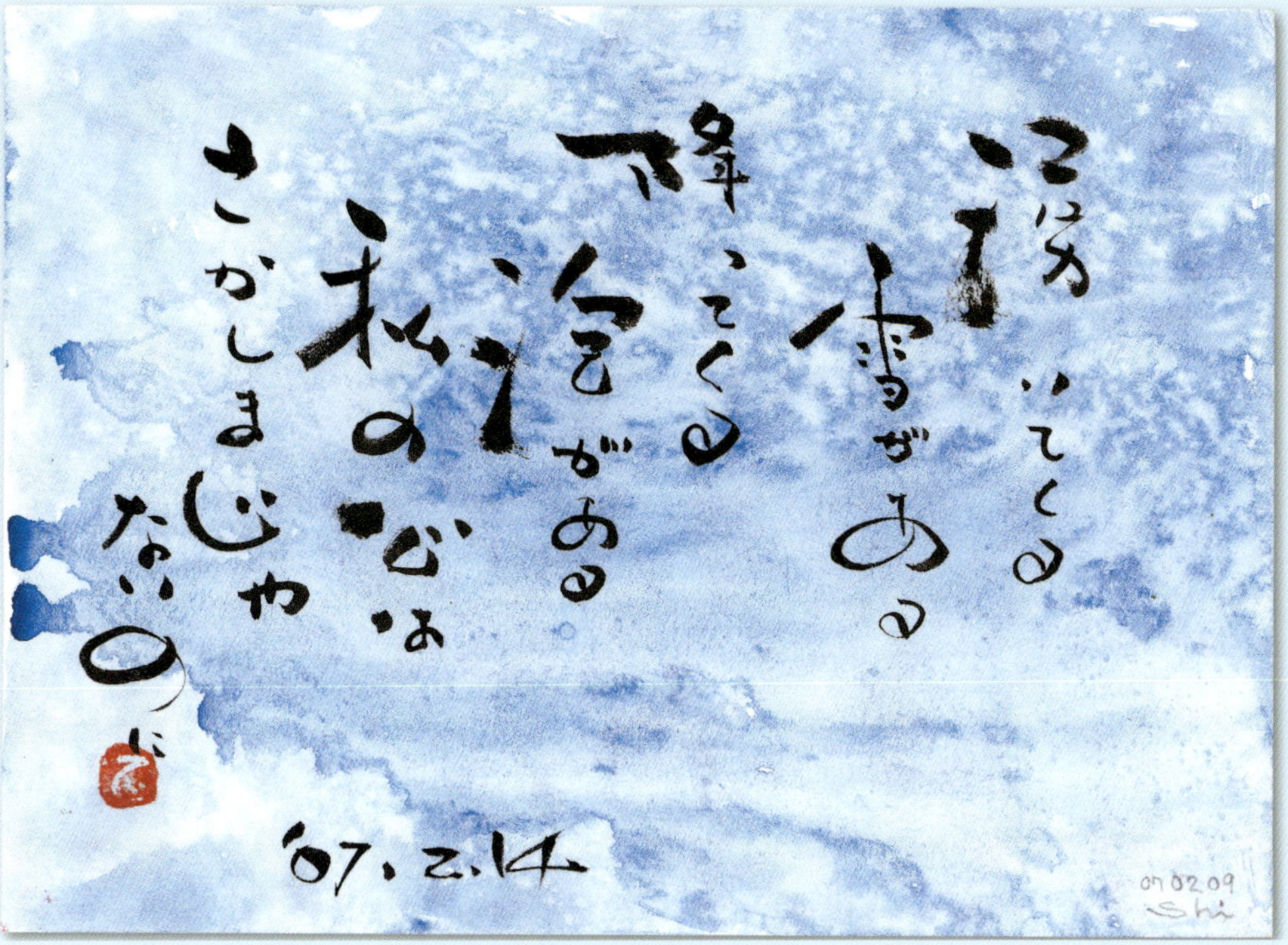
泣いてる
雪がある
降ってくる
涙がある
私の心は
さかしまじゃ
ないの
'07.2.14
07.02.09
Shi

POST CARD
日本郵便
NIPPON
50
NIPPON
日本郵便
50
StkcxPvR/-1 of 1-/std-p
お届け先
005-0016
札幌市南区真駒内南町１－７－１
小林重予 様

03

永遠は
蛇のようにからみあった
愛撫の長さ
そのかたち
たてば線香の永さ
寝ればお棺のふかさ

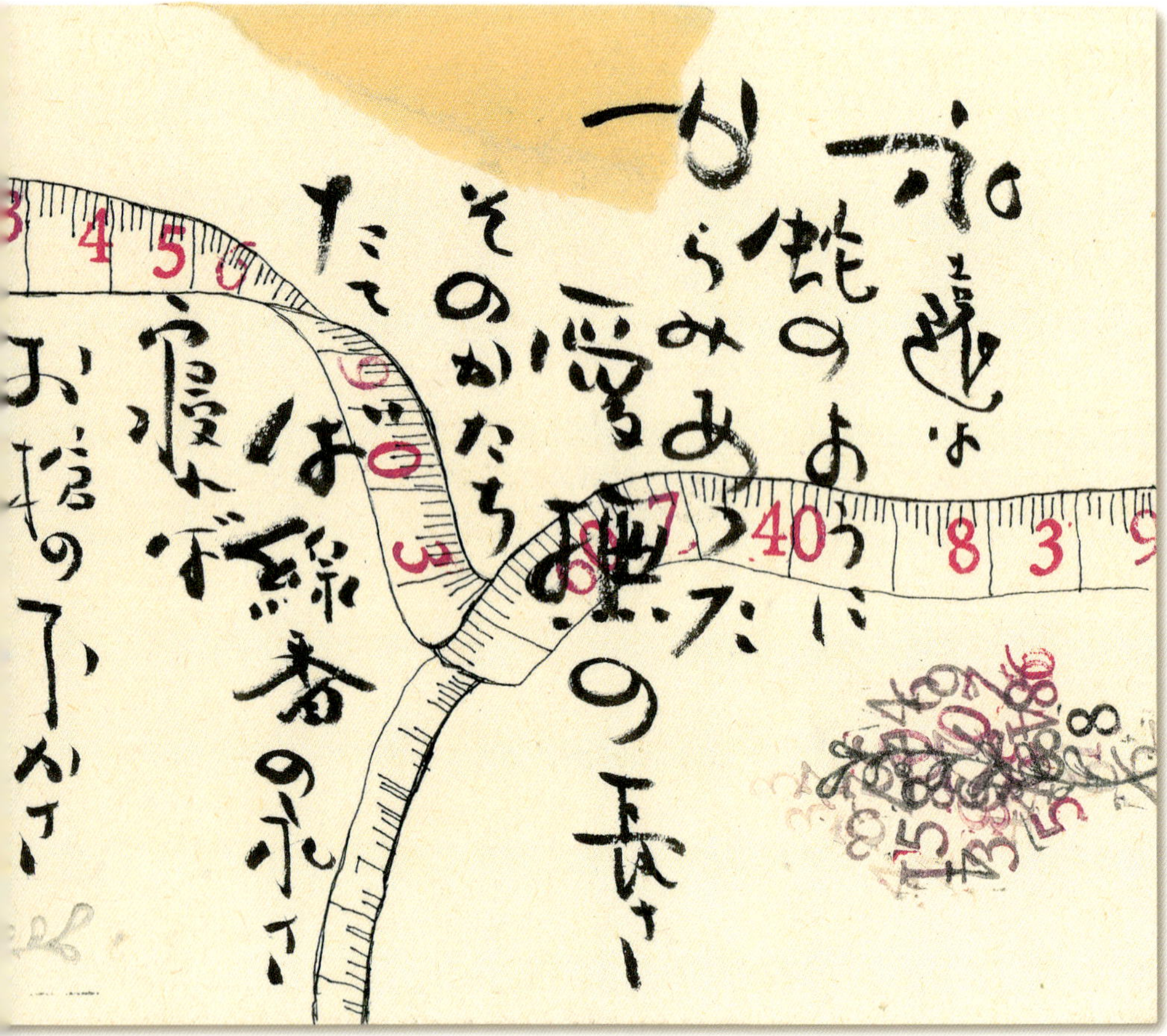

郵便はがき
〒005-0016
北海道札幌市南区真駒内南町1-7-1
小林　重予様
04

1 2

秋
彼岸花が咲いた
堤に　今
光の卵のように
ラッパ水仙の花が咲く
春なのだろう
あなたの匂いのする方へ
命の川を
さかのぼろう

秋
彼岸花が咲いた
堤に 今
光の卵のように
ラッパ水仙の花が咲く
春なのだろう
あなたの匂いのする方へ
命の川を
さかのぼろう

2007.2.22

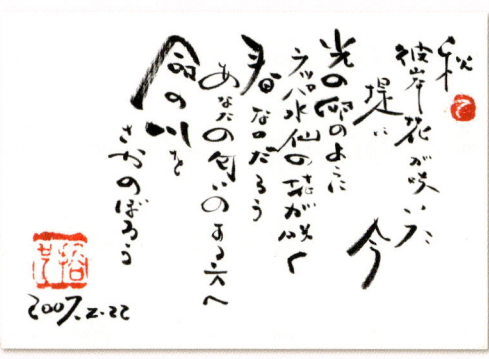

果物は
ふれあったところから
腐ってゆく
人はとびだしたところで
ふれあうのか
くぼんだところで
ふれあうのか
白木蓮のころ
光はやわらかくなるのに
かたくなる心がある

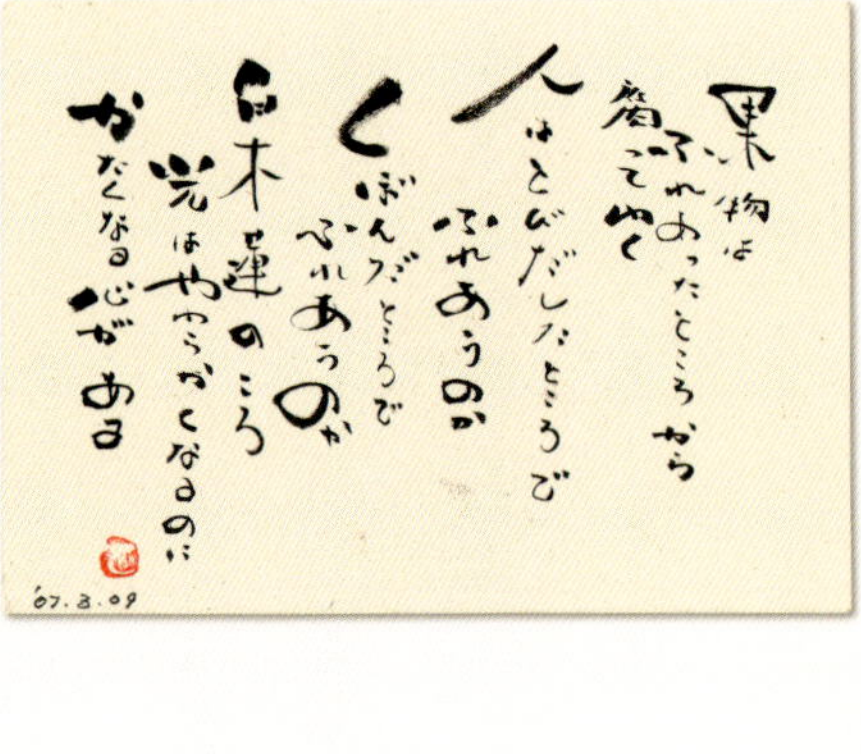

11
2007
0219
Shi

闇に咲く花
花に咲く闇
女は角をかくしたがり
男は角をだしたがる

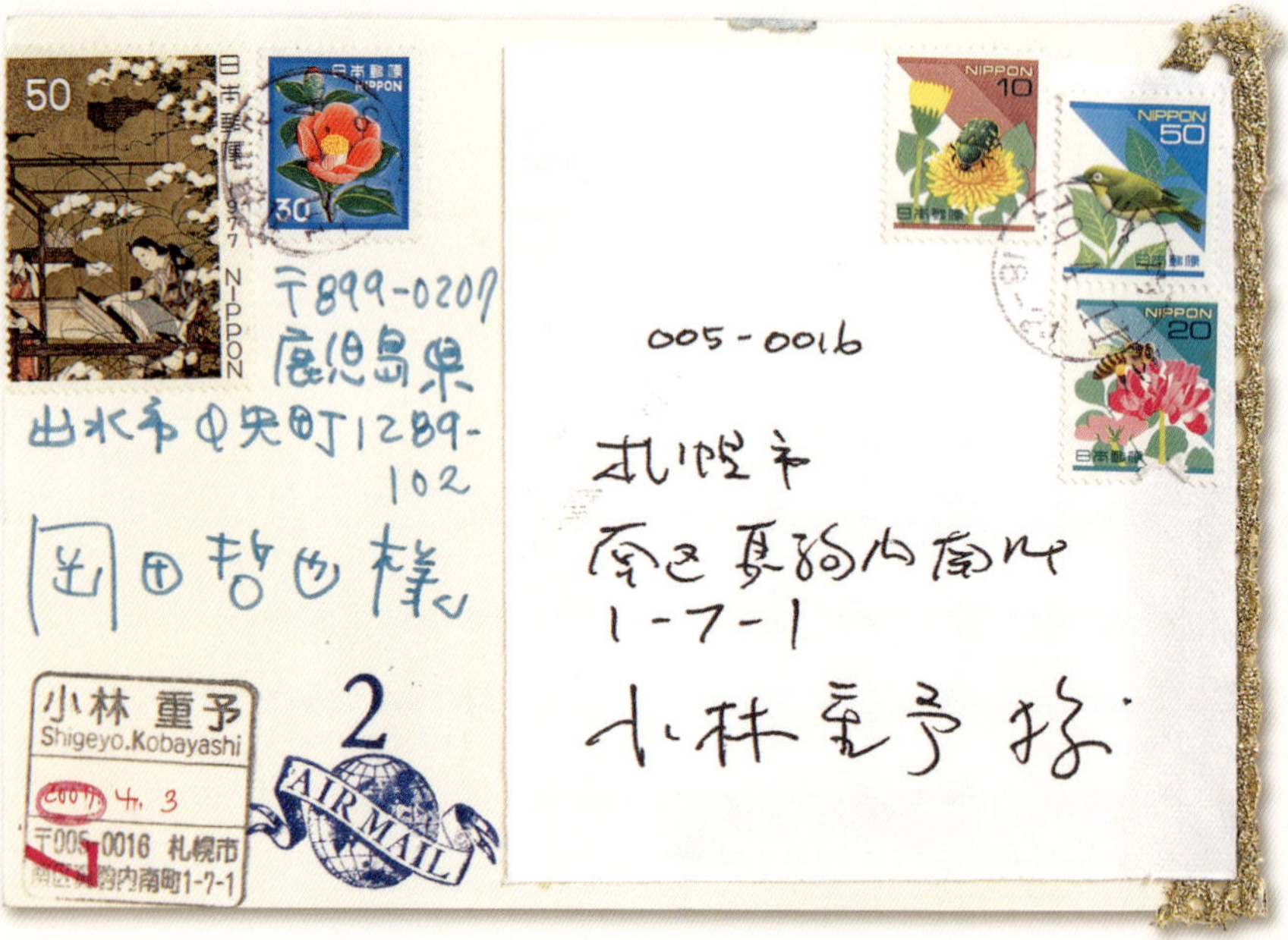

闇に咲く花
花に咲く闇
女は角をかくしたがり
男は角をだしたがる

雪どけのころ
凍るおもい
花冷えのころ
とける薬あり

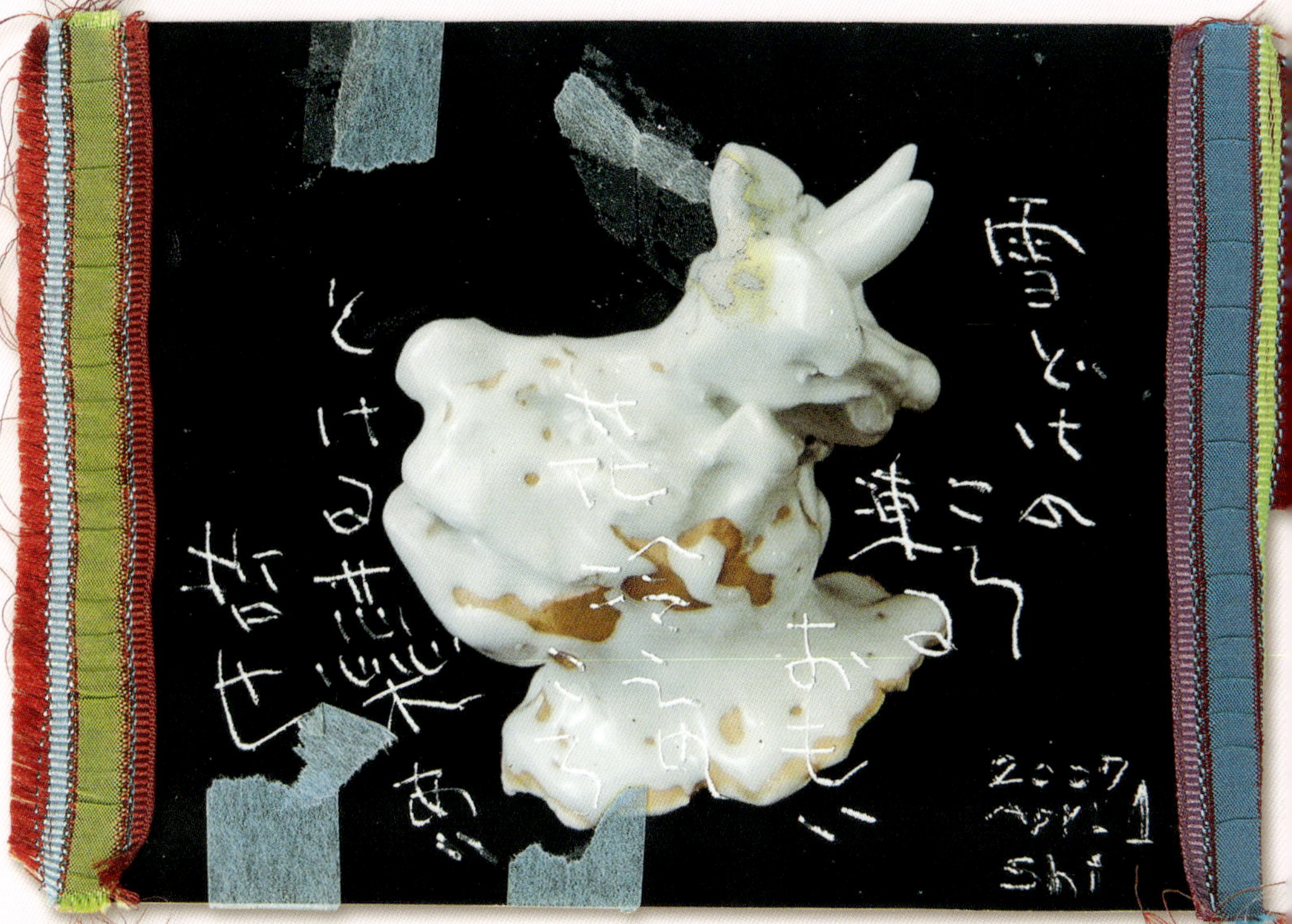

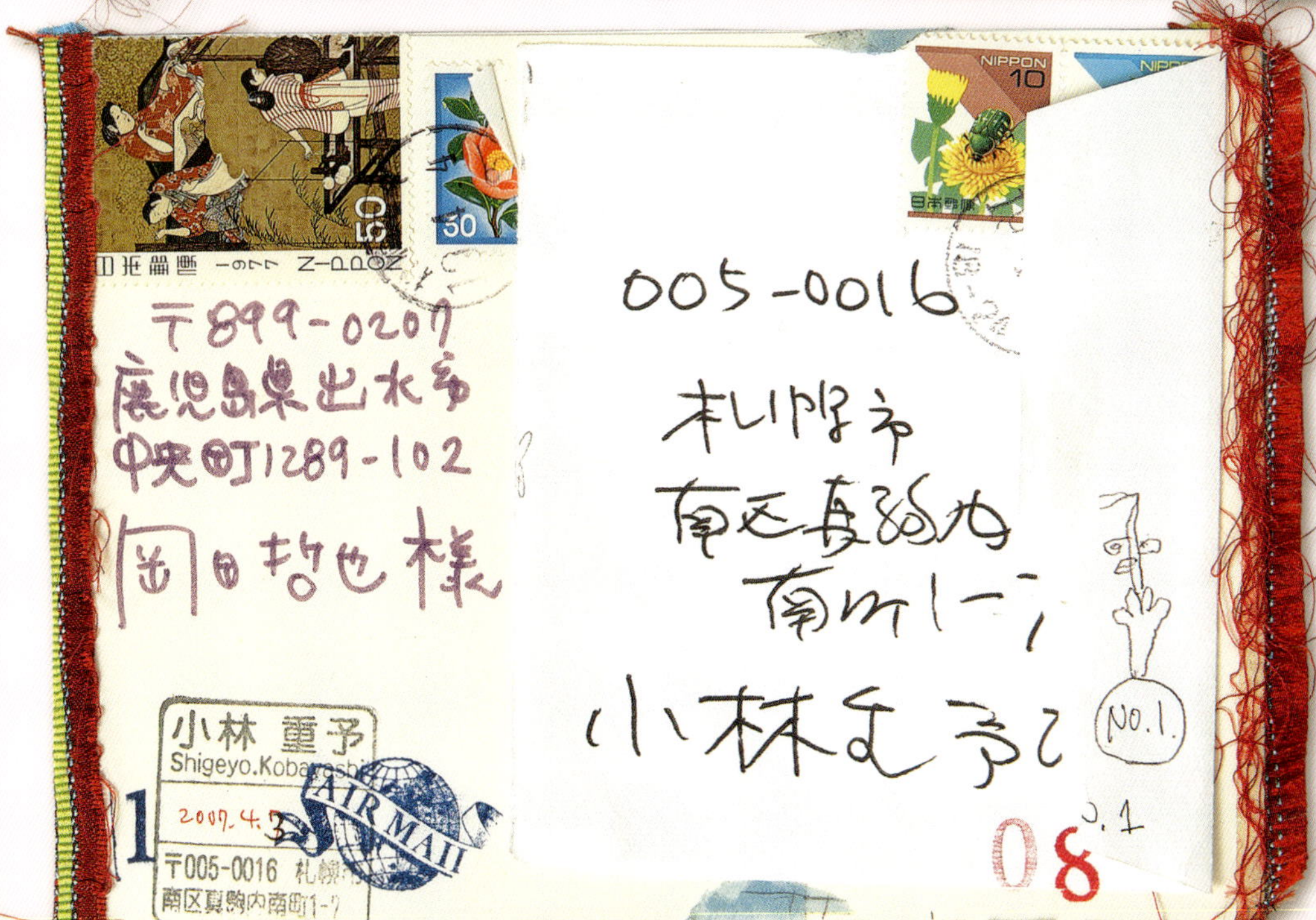

雪どけの
ころの
おもい
とける葉栞
花にうつる
あか
おせ

2007
ベッドの
上

〒899-0207
鹿児島県出水市
中央町1289-102
岡田哲也様

小林童予
Shigeyo.Kobayashi
2007.4.3
〒005-0016 札幌市
南区真駒内南町1-7

005-0016
札幌市
南区真駒内
南町1-7
小林む予こ

No.1

したしたしたた
蜜を吸いに
お舟にのろう
ひたひたひたた

蜜を吸いに
翼をつけよう
ひたひたひたた
したしたしたた

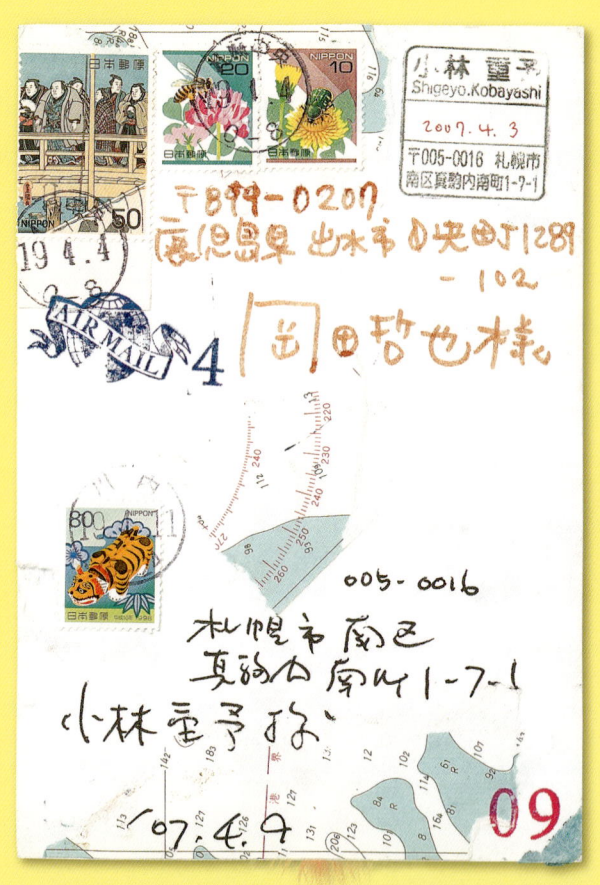

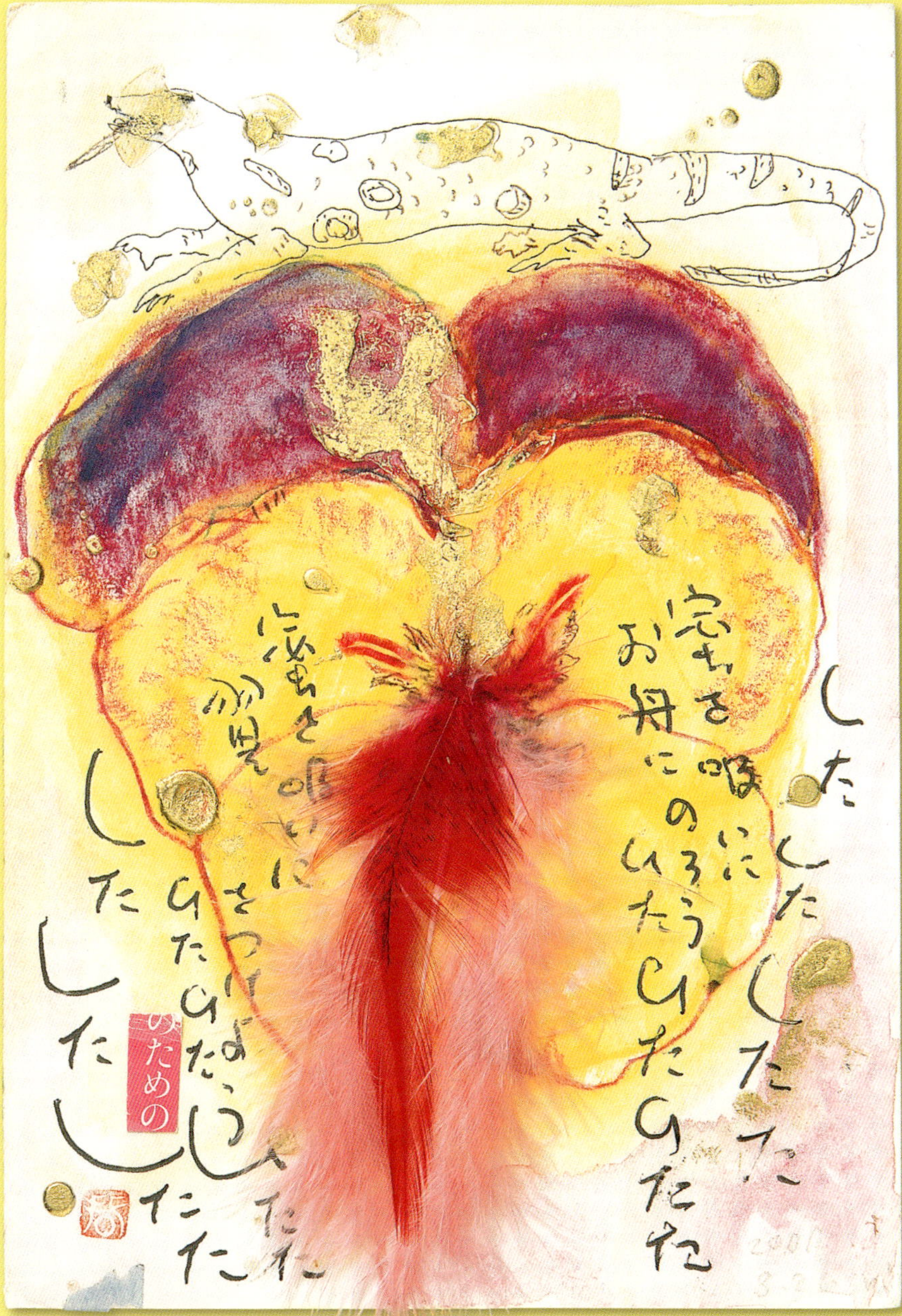
したしたしたた
お舟にのろう
ひたひたひたた
ための

花見の頃
来たよりの返事を
葉桜の頃　だす
井戸の底には
おぼろ月

毛虫を愛づる
人ありて
春は曙
肉はばけもの

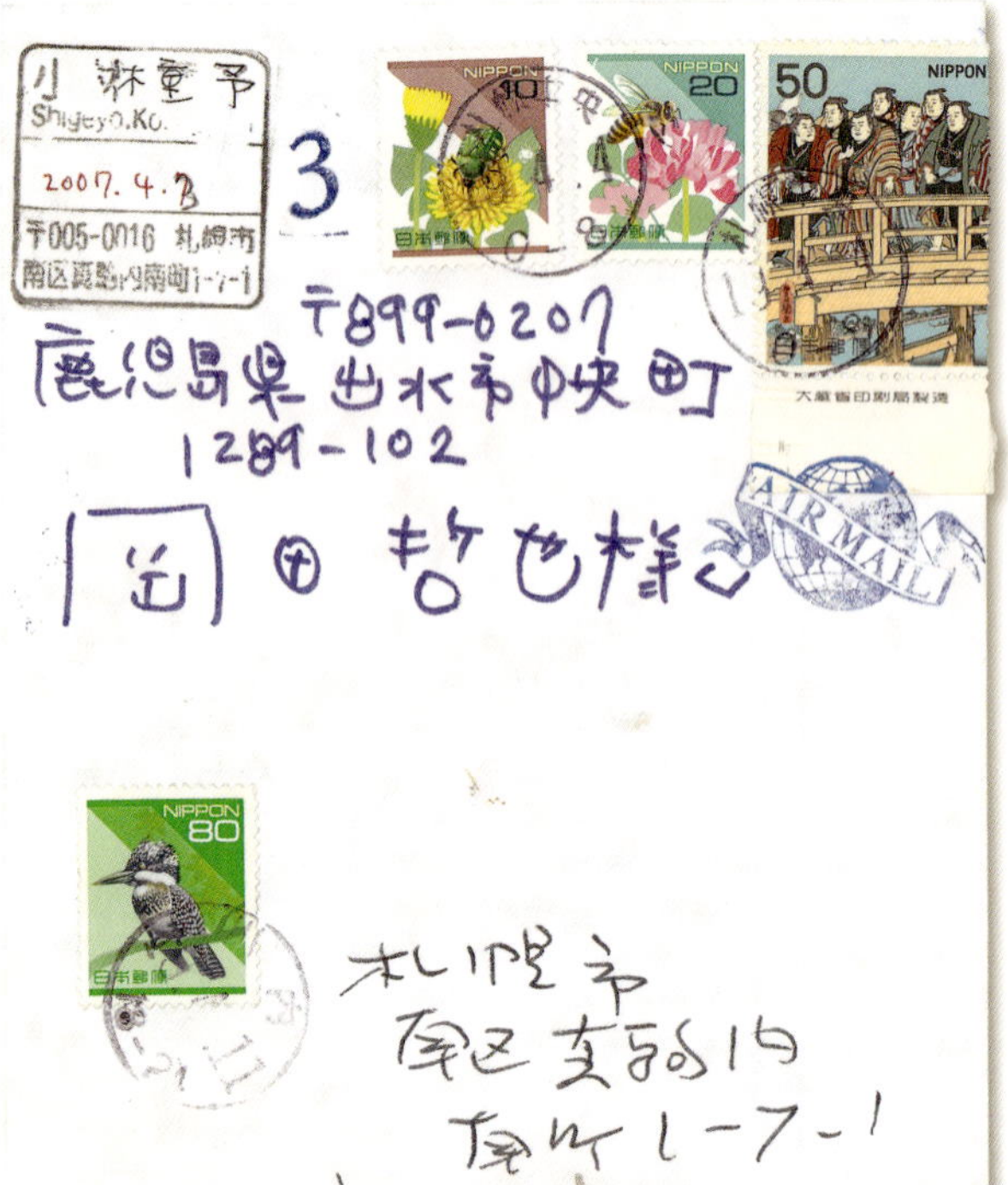

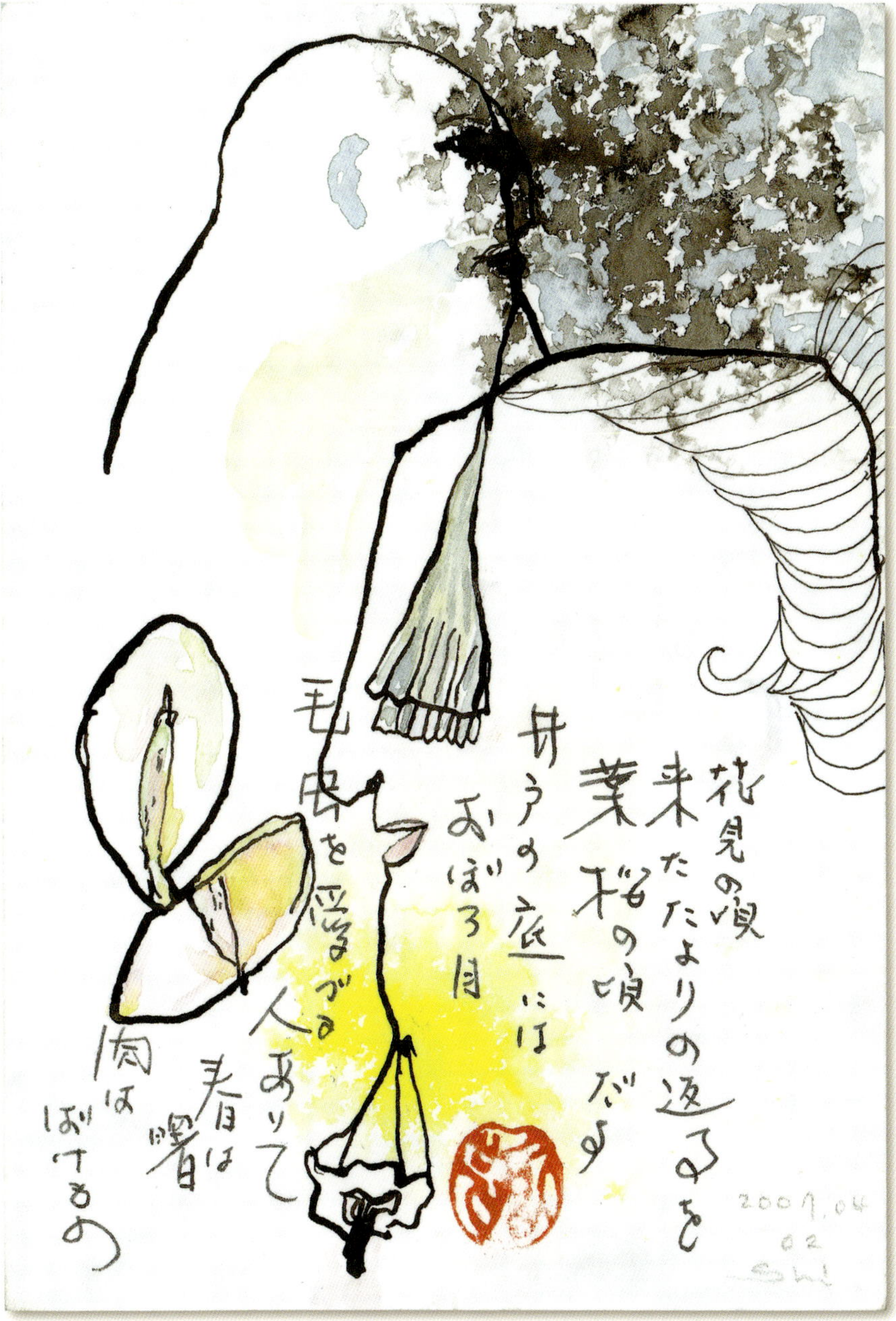
花見の頃
来たたよりの返るを
葉桜の頃だす
井戸の底には
おぼろ月
毛虫を愛づる
人ありて
春は曙
胸は
ばけもの
2007.04
02
Shi

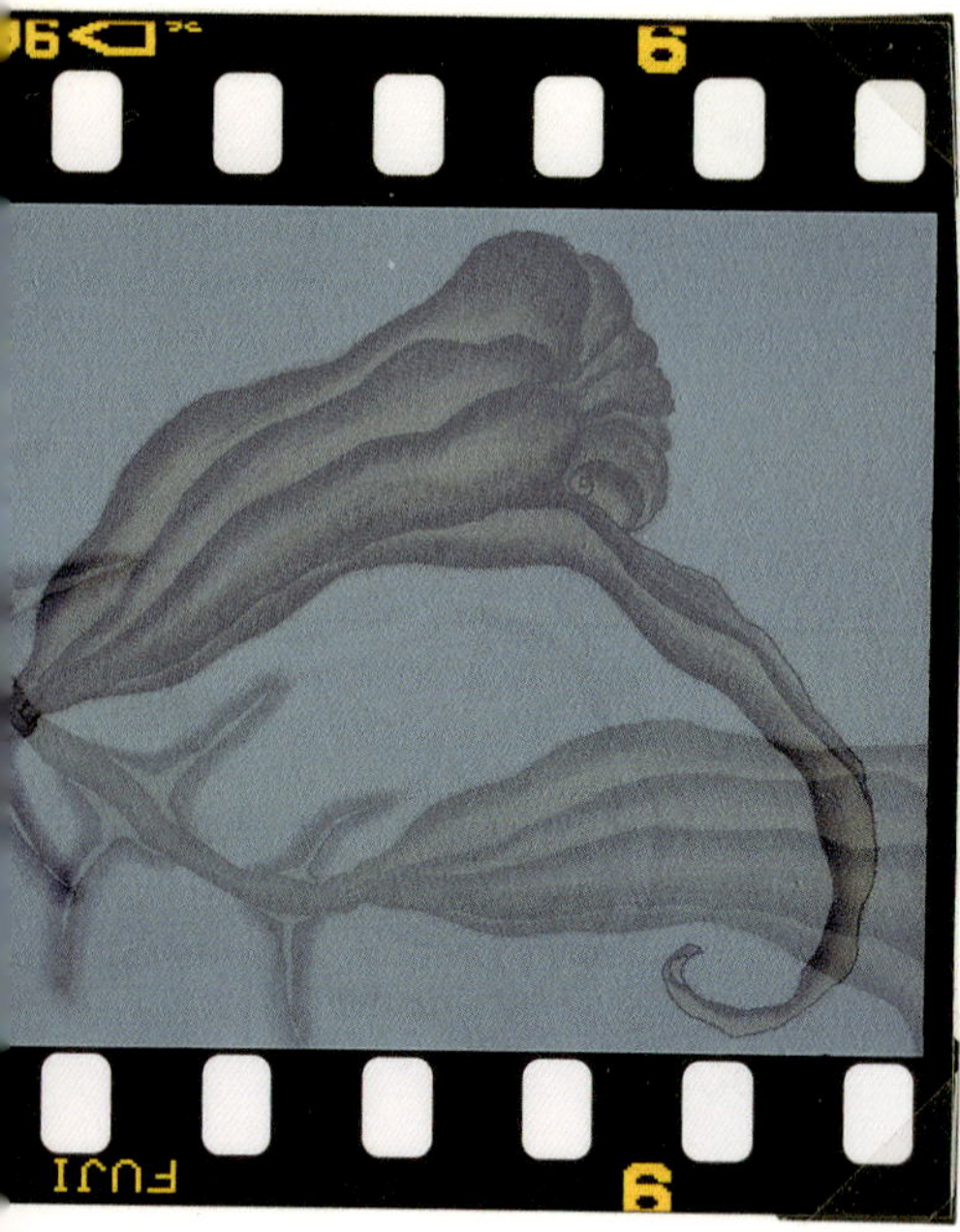

ときじくのかぐの木の實のため
八重の潮路をこえた
昔の人がいた　蜜柑の
白い花が咲くと
その香りにつつまれ　水平線から
まっすぐ天の延髄を
さかのぼるのだ

'07.5.2.

ときじくの　かぐの木の實のため
八重の潮路をこえた
昔の人がいた

蜜柑の白い花が咲くと
その香りがいつも
水平線から
まっすぐ私の延髄を
さかのぼるのだ

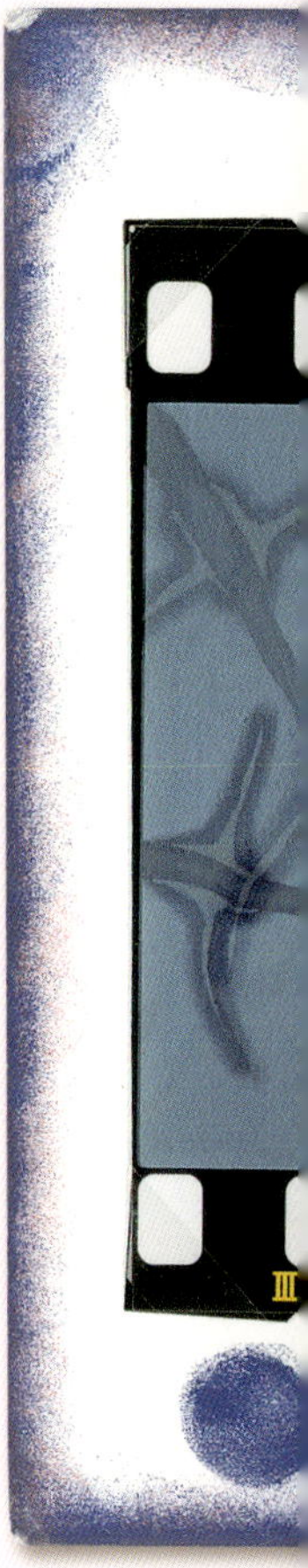

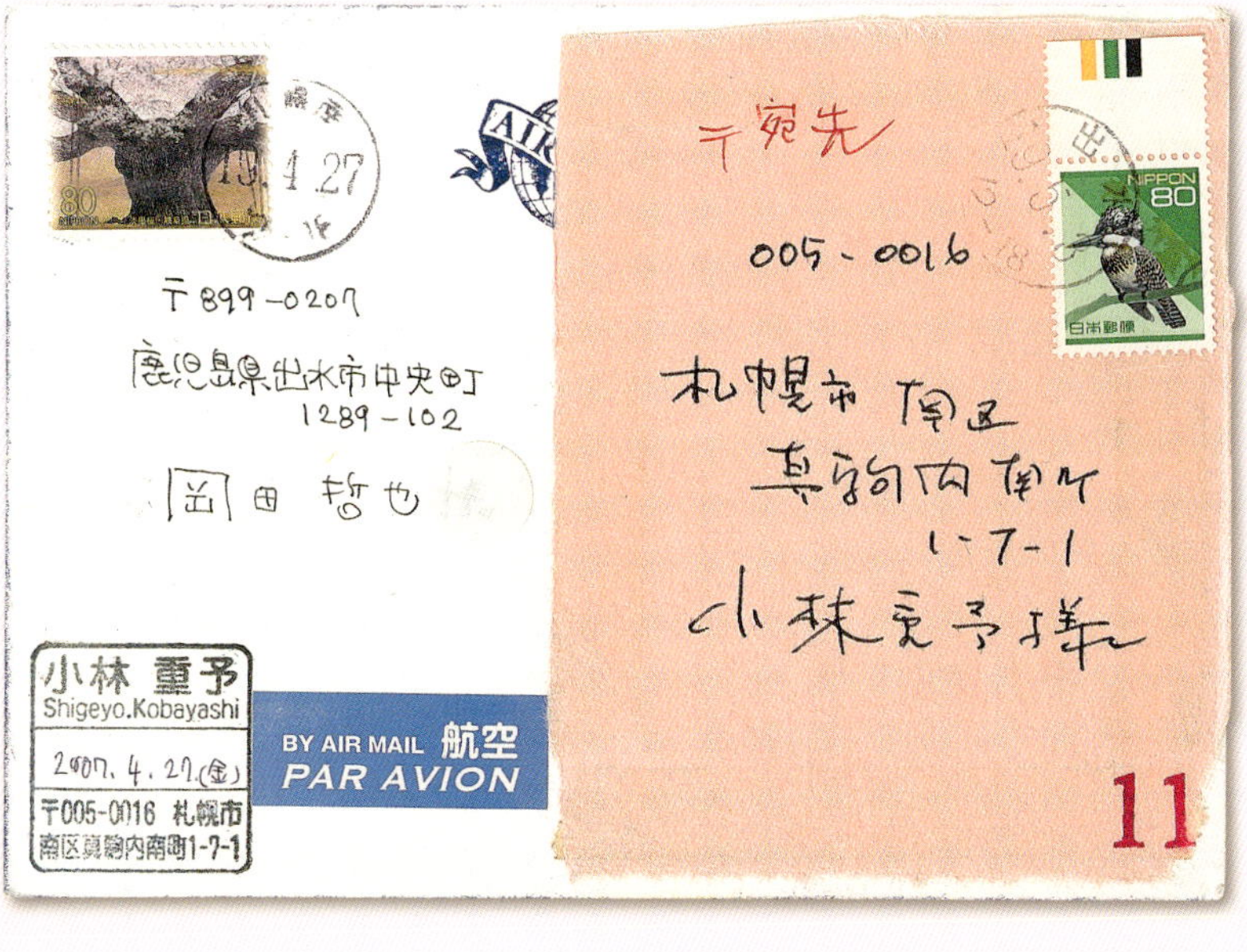

のびるやスカンポやツバナ咲く方に行ってみよう
なつかしい方角に歩いてみませう

揚雲雀ばたぐるうて
飛んで鳴き
春はうらうら
心うらはら

空の奥處にも　海の底にも
春が　夏がある
まして　人の心には
近くの学校の不死鳥《フェニックス》が
オサゾウムシに噛まれて枯れていました
大きな扇風機のような葉も
硬い鎧のような幹も
芯からむしばまれて
倒れてゆくのです

ゾウムシといえば
大きな虫のようですが
象の鼻みたいなもの持った
小さな虫です

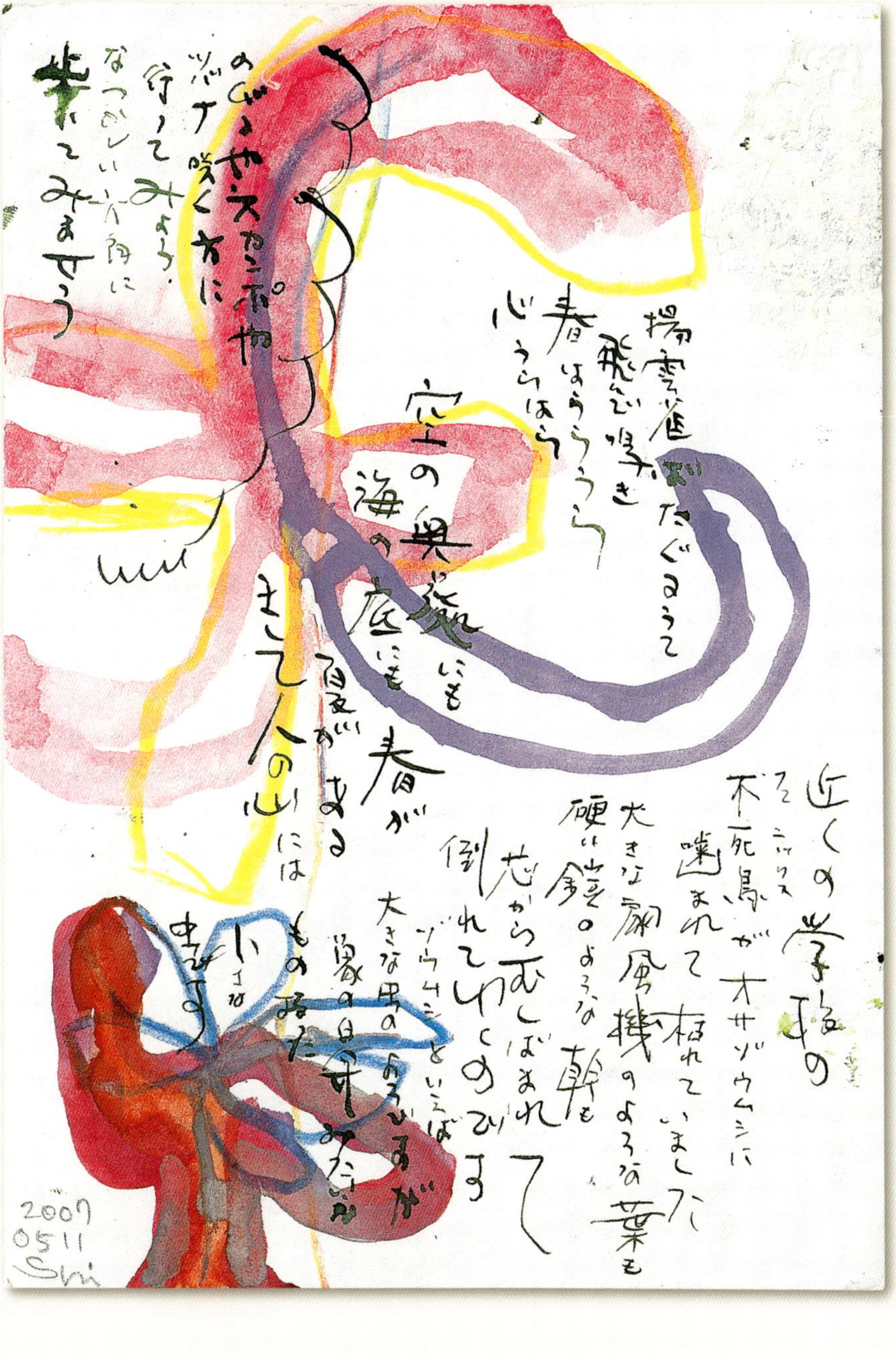
近くの学校の
不死鳥《フェニックス》がオサゾウムシに
喰まれて枯れていました
大きな扇風機のような葉も
硬い鎧のような幹も
芯からむしばまれて
倒れてしまったのです
ゾウムシといえば
大きな虫のようですが
象の鼻みたいだ
もの落た
小さな虫です
揚雲雀がたぐるうて
飛んで鳴き
春はうらうら
心うらはら
空の果てにも
海の底にも
春が
夏がある
まして人の心には
のびやかたんぽぽや
ツバナ咲く方に
行ってみよう
なつかしい六月に
来てみませう
2007
0511
Shi

霧が晴れるとそこに
あなたがいたという
霧が晴れるとそこに
道が表われたという

いえいえ
そうではありません
霧にとざされたその時も
あなたは待ちつくしていたのであり
道は通じていたのです

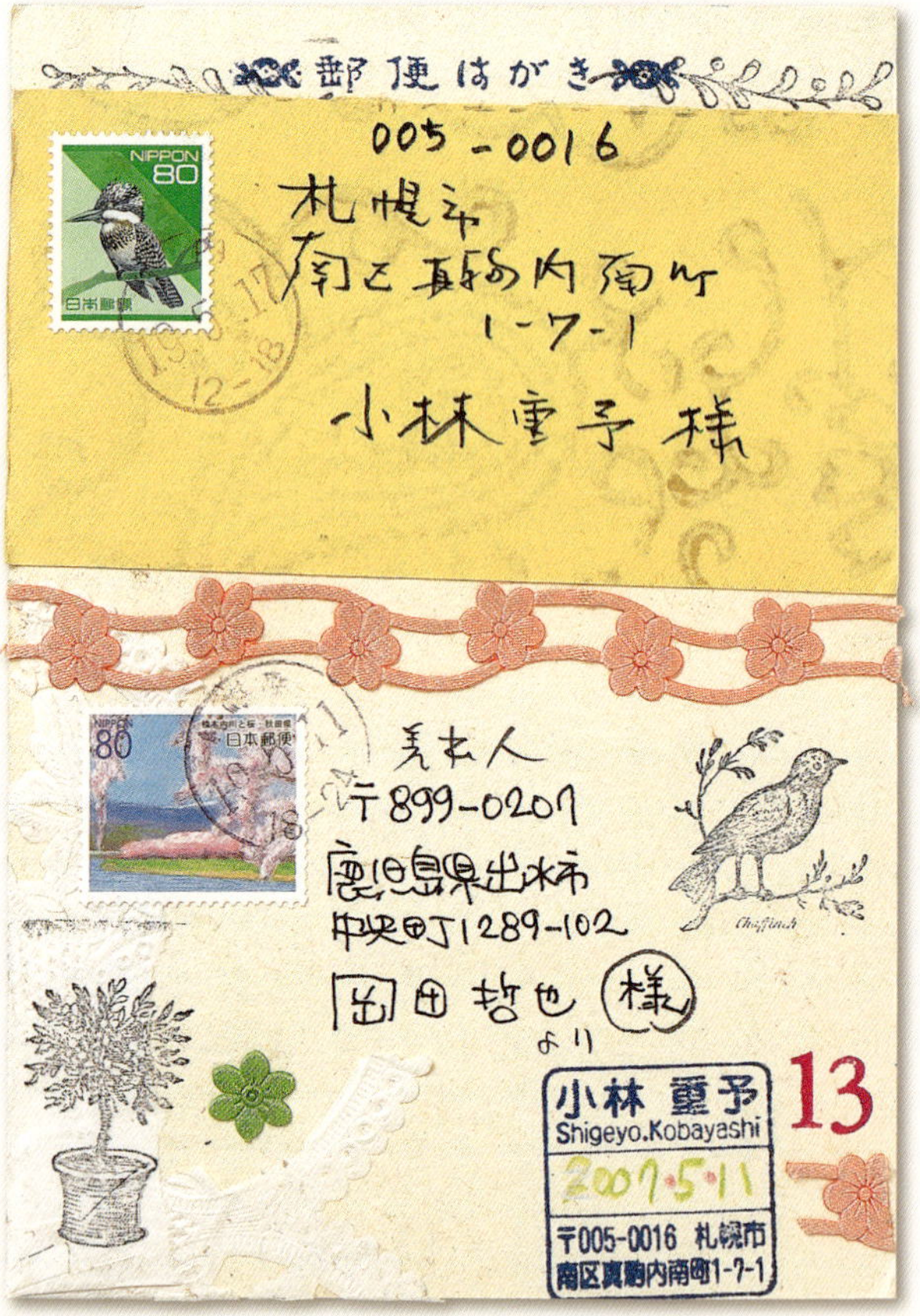

霧が晴れると そこが
あなたがいた という
霧が晴れると そこに
道があらわれたという
いいえ
そうではありません
霧がとかされた
その時と
あなたは待ちつくしてはいたのであり
道は通じていたのです
.5.16
ITALIA
€0,45
PLEASE

不思議
それとも当たり前

こどもの頃　遊んだ大きな川が
ちいさく見えるのは

ありし日の
騒動の広いキャンパスが
狭くみえるのも
不思議
それとも当たりまえ

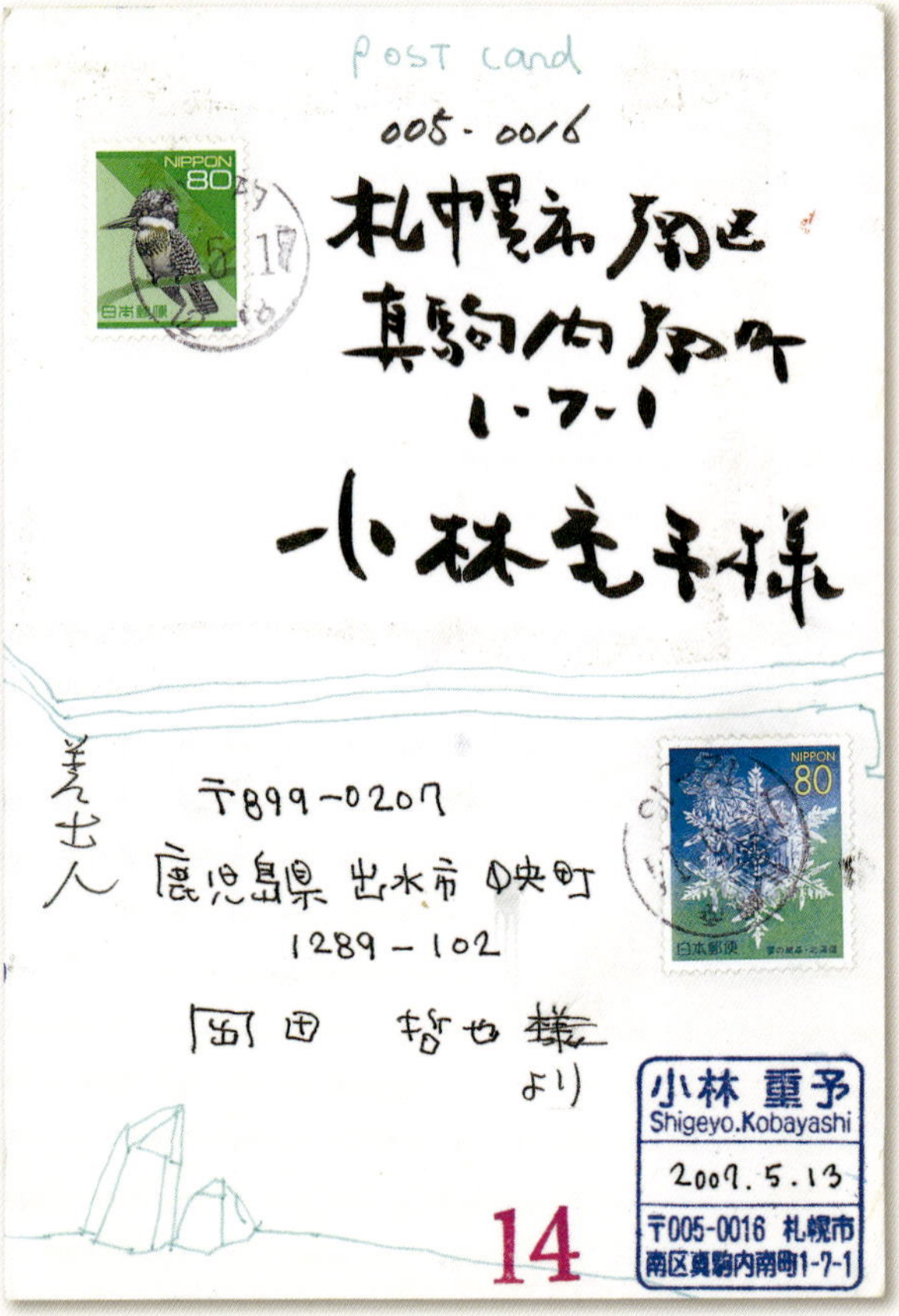

不思議　それとも当たりまえ
こどもの頃　遊んだ大きな川が
ちいさく見えるのは
めじろ
雀鳩の
広い せまいスペースが
狭く
みえるのも
不思議 それともあたりまえ

2007.5.13
shi

あんな毛虫から
こんなに食べられた
葉っぱです

あんな毛虫が
こんな蝶に
なって

五月の
風に
浮かぶのです

あんな毛虫から
こんなに食べられた
葉っぱです
あ～な毛虫が
こんな蝶に
なって
五月の
風に
浮かぶ

005-0016
小林重予様
NIPPON 80
日本郵便
郵便はがき
〒899-0207
1289-102
日本郵便 NIPPON
50
NIPPON 30
日本郵便
小林 重予
Shigeyo.Kobayashi
2007.5.21
〒005-0016 札幌市
15

カボチャ色した
夜空にも
あばたやエクボ
あるのです
てっぺんにあるのは
シリウスかしら
ヘタのところが
北極星
あなたの星は
どこでせう

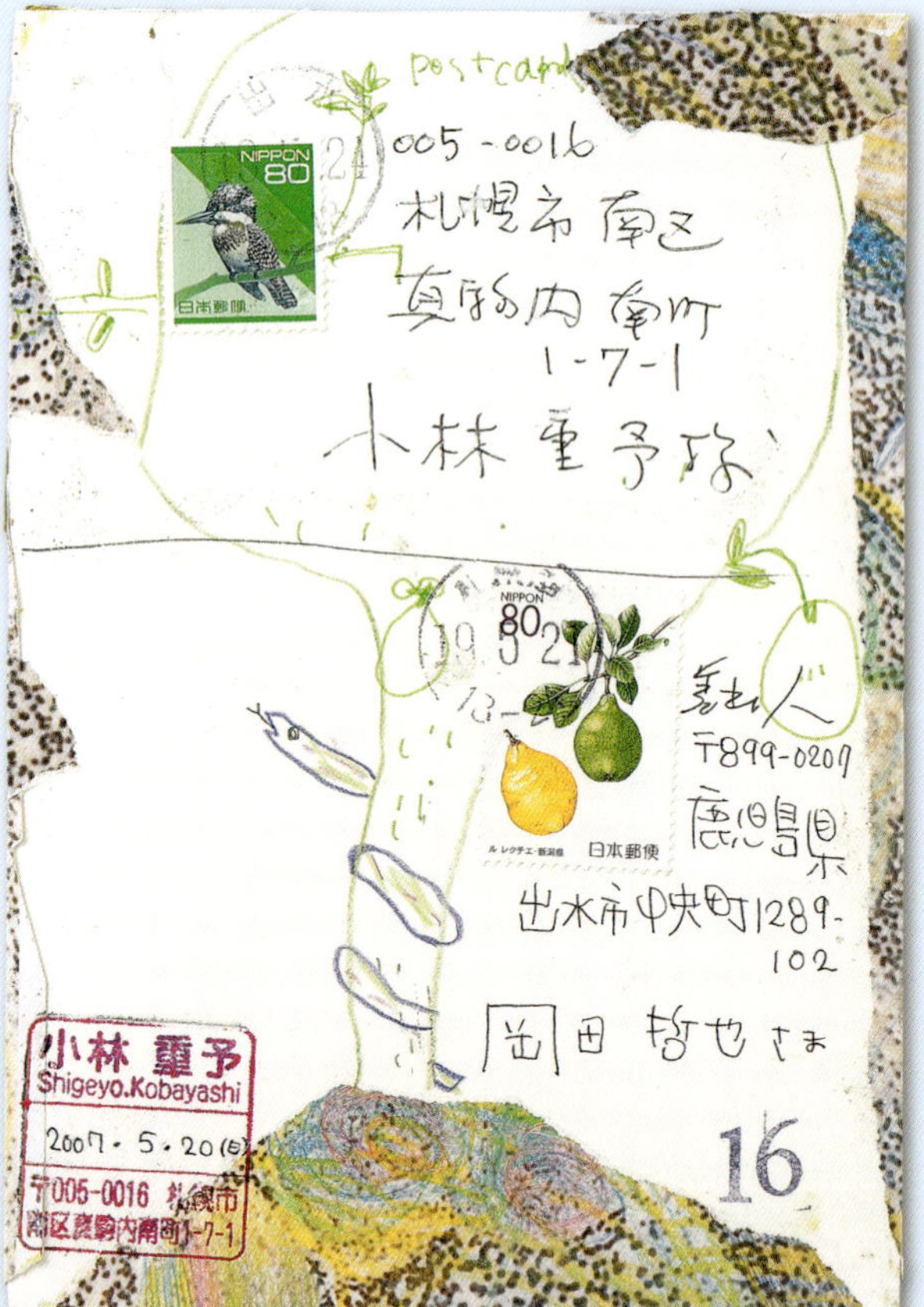

あるのです
てっぺんにあるのは
シリウスかしら
ヘタのところが
北極星
あなたの星は
どこでせう

青空に
ぽっかり
妹の
えくぼ

青空にぽっかり嘘のことば

え文になって下さいネ
ばかりの三ヶ月過ぎて
やっとC了息つけた
それほどずにゴメン!

ティーバッグに
お湯を注いだら
青空が沁みてきました
すこし希望の味がするかな
と思って
私は北の方の
空を
見あげました

ティーバッグに
お湯を注いだら
青空が滲みでてきました
すこし希望の味がするかな
と思って
私は北の窓の
空を
見あげました

おっかなしい
おっかなしい
まどろみの
なかの
ちくん

めざめたあさの
ひかりのなかの
ちくん
ちくん
おっかなしい
おっかなしい
ちくん
ちゅくん

10 KURUŞ
BURSA
TÜRKİYE CUMHU
おっかなしい
おっかなしは
まどろみの
なかの
ちくん
めざめた
あさの
ひかりの
なかの
ちくん ちくん
おっかないい
おっかなしい
ちくん
ちゅくん
2007.6.11.shi

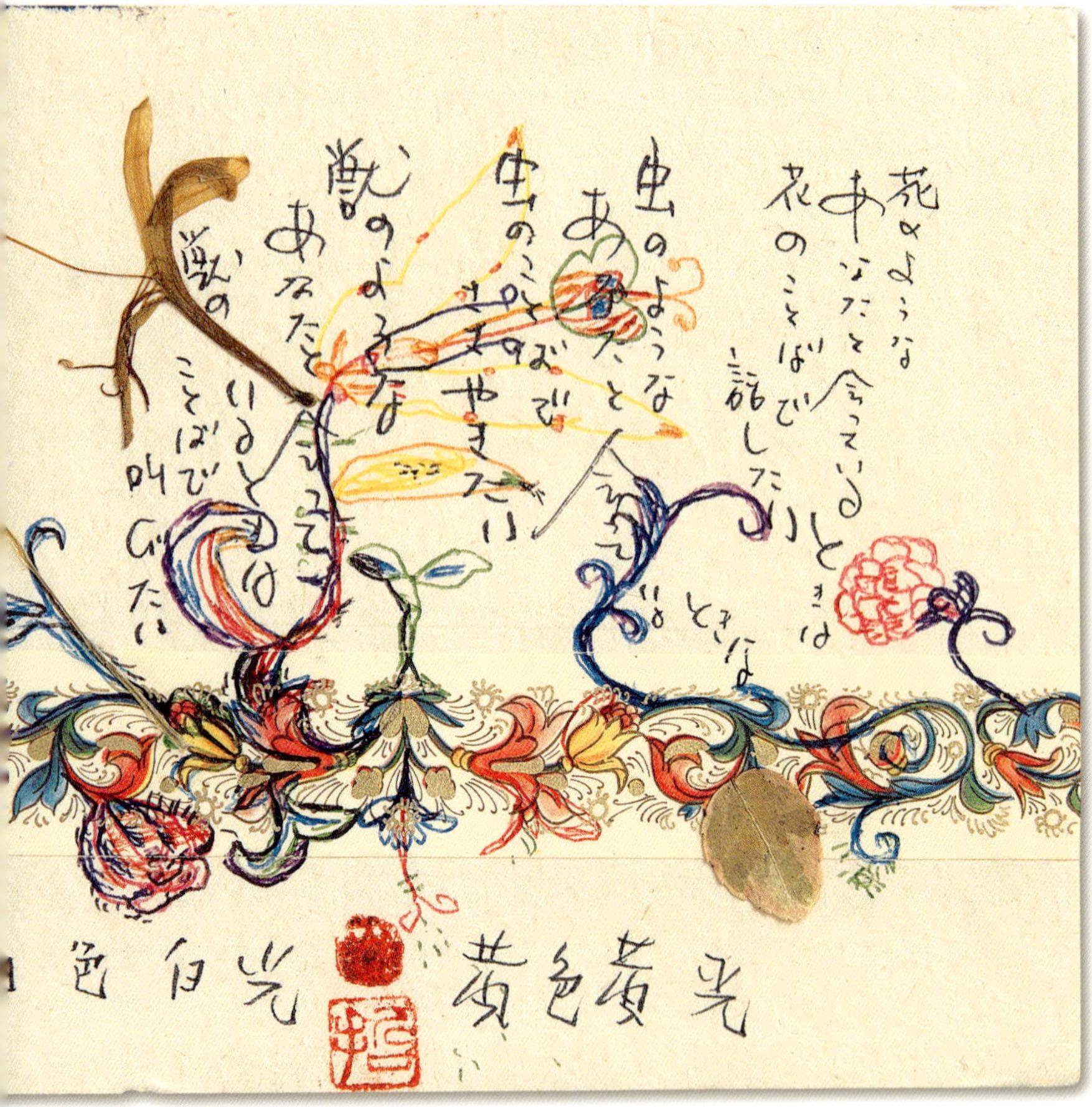

花のような
あなたと会っているときは
花のことばで
話したい

虫のような
あなたと会っているときは
虫のことばで
ささやきたい

獣のような
あなたと会っているときは
獣のことばで叫びたい

今日も白い虹が
まよなかの空にかかって
そこを流れ星が
わたるのです

今日も白い虹
まよなかの空にかかって
そこを流れ星が
わたるのです

post-card
NIPPON 80
日本郵便
札幌市 南区
真駒内南町 1-7-1
小林 重予 様
〒899-0207
鹿児島県出水市中央町1289
102
岡田 哲也様
ふしぎなくくぎ
20
〒005-0016
札幌市南区真駒内南町
1-7-1
小林重予
2007
6.12
Shi

いつだって
花は蛇になる
いつだって
のぞみは翼になる

おっかない
かなしい
おっかなしい

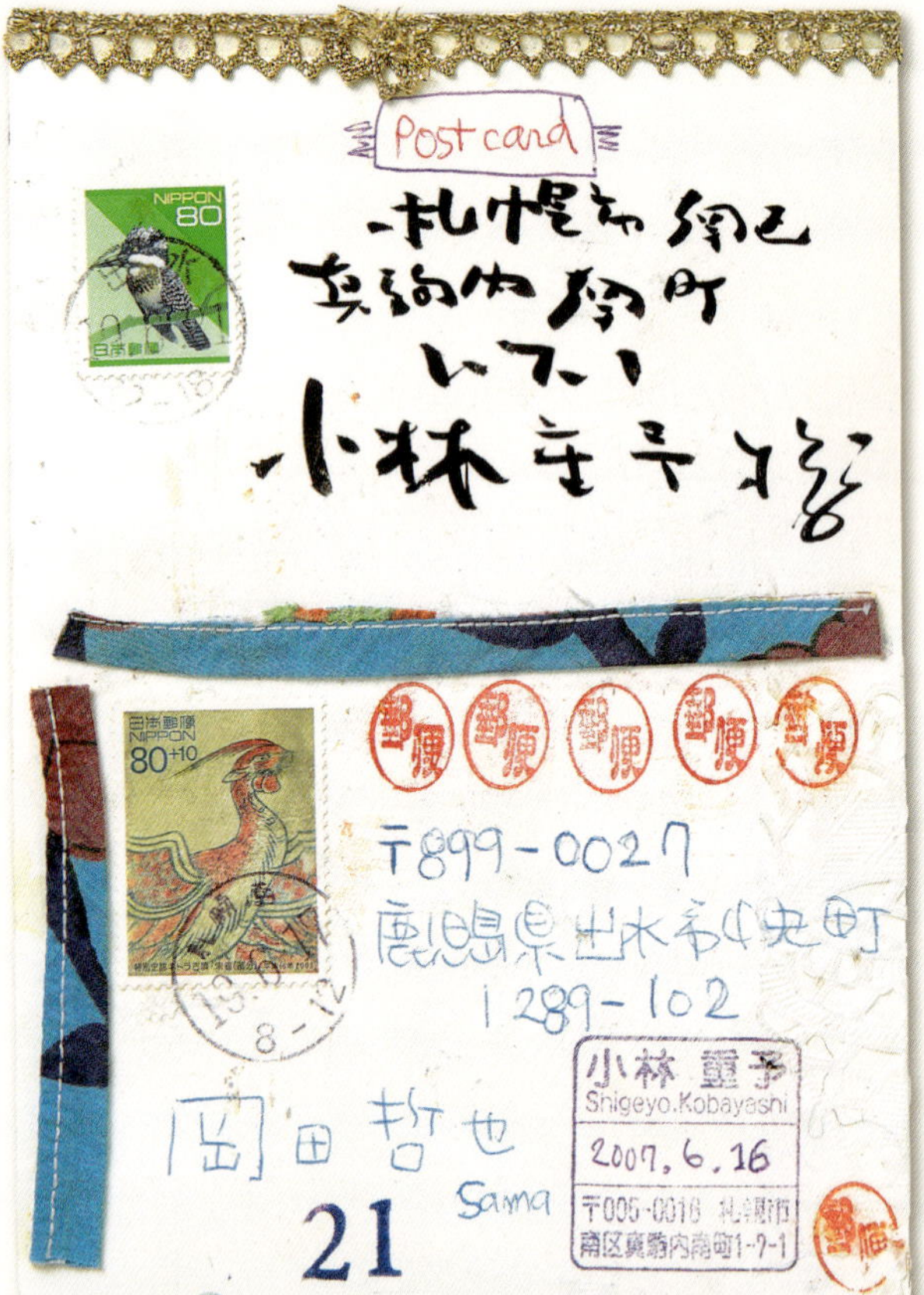

いつだって
INDIA

闇から生まれる光は
いつも花のかたちをしている
光から生まれる闇は
いつも虫のかたちをしている
おっかなしい

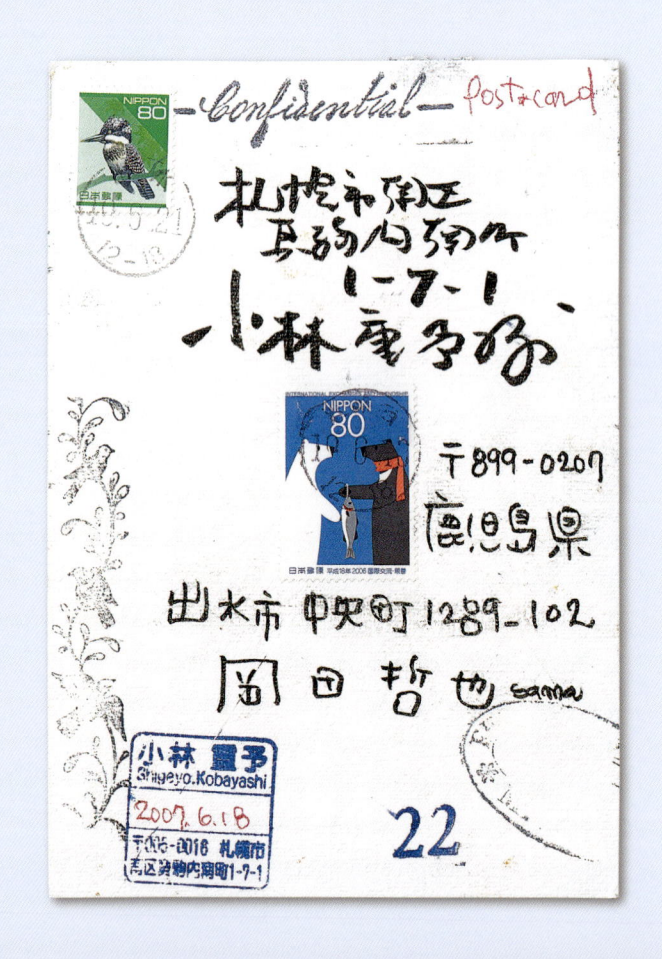

闇から生まれる光は
いつも花のかたちをしている
光から生まれる影は
いつも虫のかたちをしている

天地無用の心なら
夜よりも暗い寂しさと
夜よりも長い苦しさから
おいしいシチューが
できるでしょうか

天邪鬼《あまのじゃく》が
むかえに来ても
扉をあけてはいけません

天地無用の心なら
三千世界を旅しても
鍋のシチューは
こぼれません

天地無用の心なら
昼よりも暗い寂しさとか
夜よりも長い苦しさから
おいしいシチューが
できるでしょうか
天邪鬼《あまのじゃく》が
むかえに来ても
扉をあけてはいけません
天地無用の心なら
三千世界を旅しても
鍋のシチューは
こぼれません
とまあ今日は
何を言いたいやら—
2007
6.22
Shi

わたしの涙が
天の川になっても
あなたは
泳いで
わたってくるのでしょうか

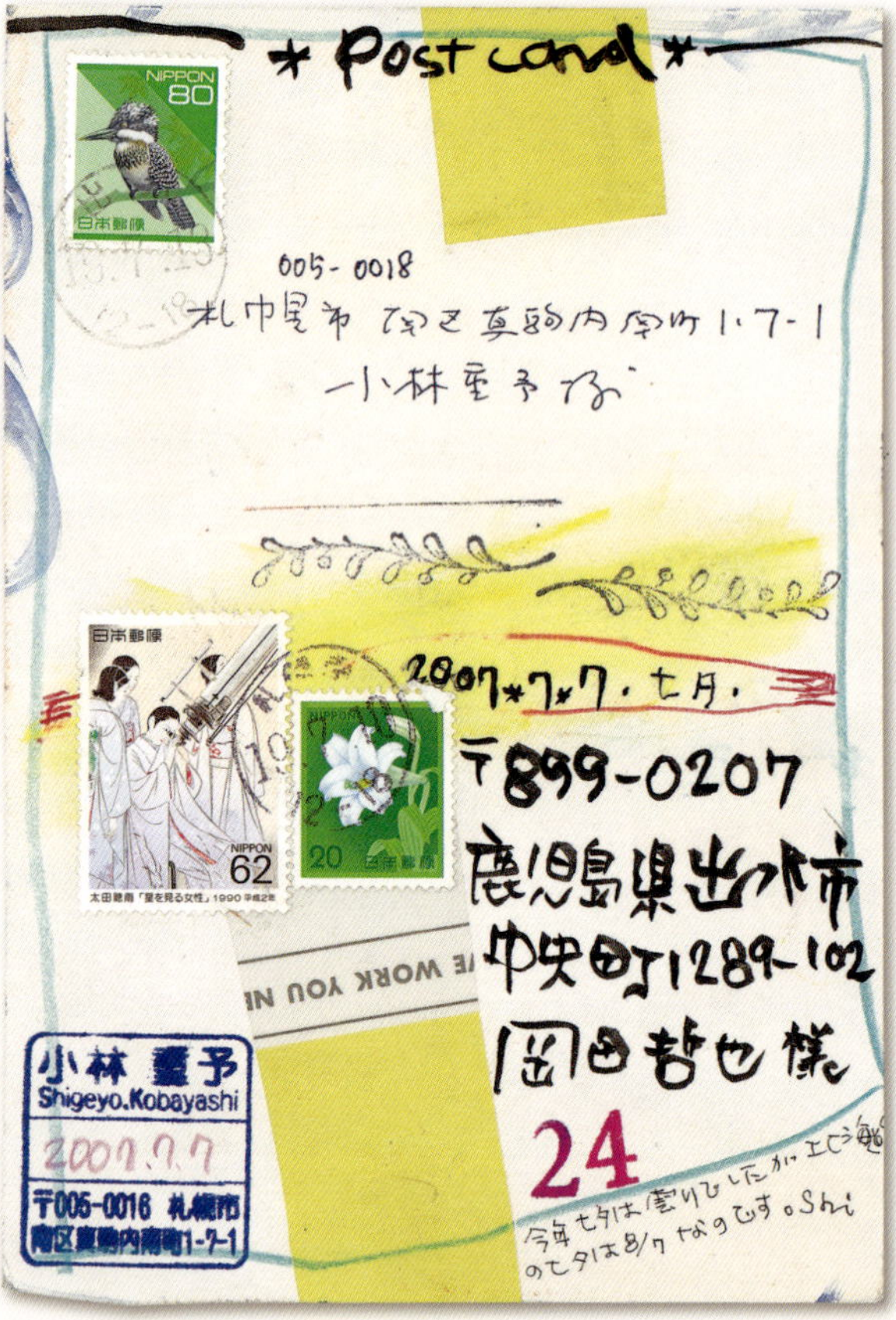

わたしの涙が
天の川になっても
あなたは
泳いで
わたってくる日でしょうか
裕也
2007.7.7

バケツをひっくりかえしたような
雨が降っても
地球をひっくりかえしたような
戦さがあっても

わたしが天の川をわたるのは
心にどこか浜昼顔のような
サバクがあるからです

鳴っているのはカミナリかしら

遠い昔の祭り太鼓かしら

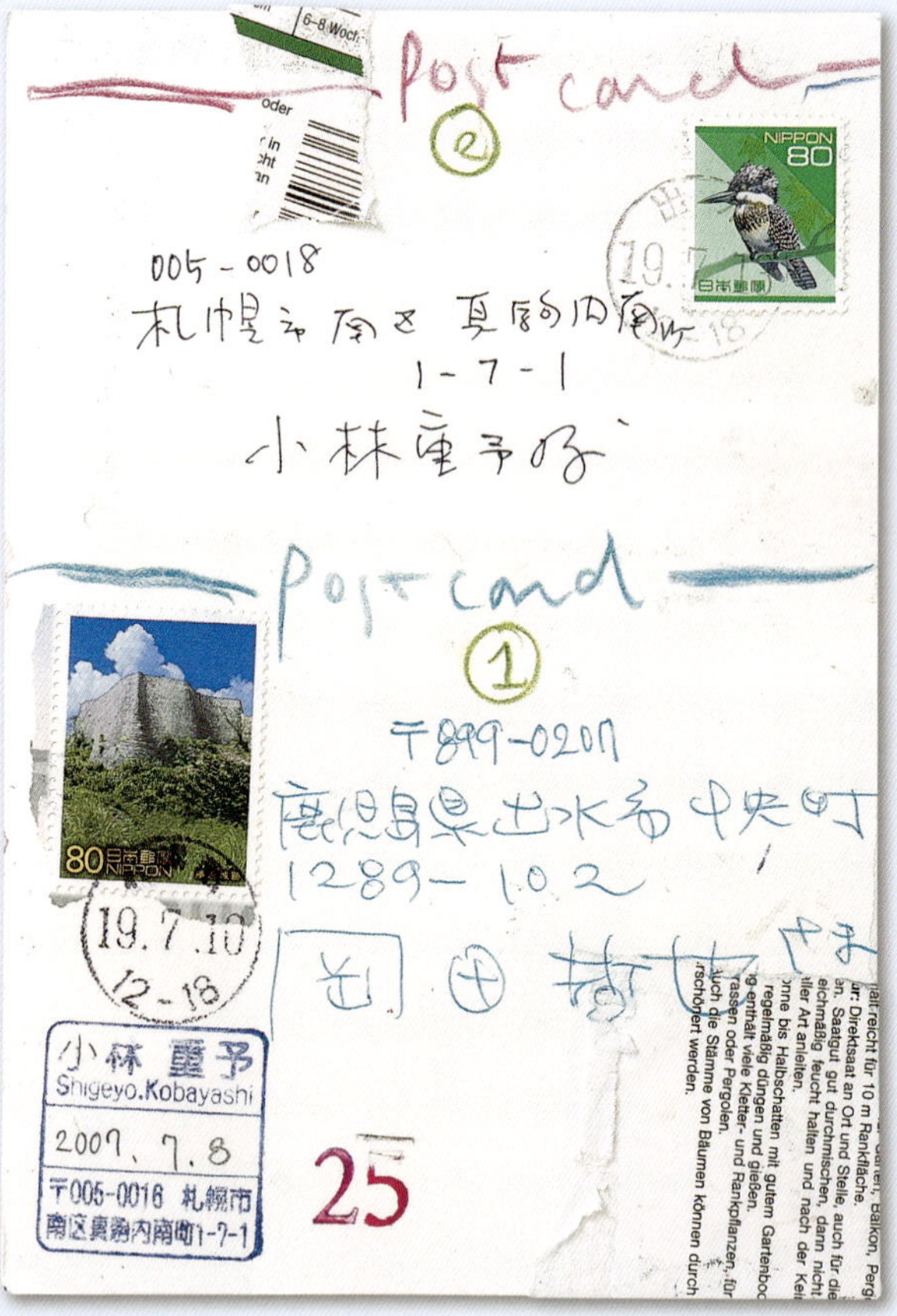

Verziehen auf
バケツをひっくりかえした
ような雨が降っても地球を
ひっくりかえしたような戦さ
があっても わたしが天の川
をわたるのは 心にどこか決
昼顔のような サバつが
あるからです
唸っているのはヤッパリ
から 遠い星の祭
り太鼓
かしら
Kletter- und Rankpflanzen, einjährig
Saattiefe
1-2 cm
Reihenabstan
rten perle®
2007.7.8

ソテツの花がかたむくと
梅雨があけるとあなたは言った

蟬しぐれのなか
サバニを漕ごう
サバニを漕ごう
小さな湾をこえ
大きなわだつみをこえ
サバニを漕ごう

ひとつぶのしずくが
大きな川となる
ひとつぶのなみだも
天から地へと
この世の
海となる

ソテツの花がかたむくと
梅雨があけるとあなたはまった
蟬しぐれのなか
サバニを漕ごう
サバニを漕ごう
小さな海をこえ
大きなわだつみをこえ
サバニを漕ごう
ひとつぶのしおくが
大きな川となる
ひとつぶのなみだも
天から地へと
この世の
海となる
2007.7.10

ヒマラヤにある
オーム貝の化石は
今も海に出る夢を
見るという

ならば
海溝のナウマン象の骨は
今もサバンナの
光の夢を
見るのだろうか

ねっ　ねっ
目を閉じなさい
見えないものが見えるでしょう
ねっ　ねっ
耳を澄ませなさい
半球の裏の
鳥たちのささやきだって
聞こえるはずですよ
そしてあなたの足音が

子午線をまたぎ
そっと近づいてくる
その鼓動が……

その鼓動が内から
高鳴り
その鼓動が内をつらぬき

ヒマラヤにある
オーム貝の化石は
今も海に出る夢を
見るという
ならば
海溝のナウマン象の
骨は今も サバンナの
光の夢を
見るのだろうか
ねっねっ
目を閉じなさい
見えないものが見えるでしょう

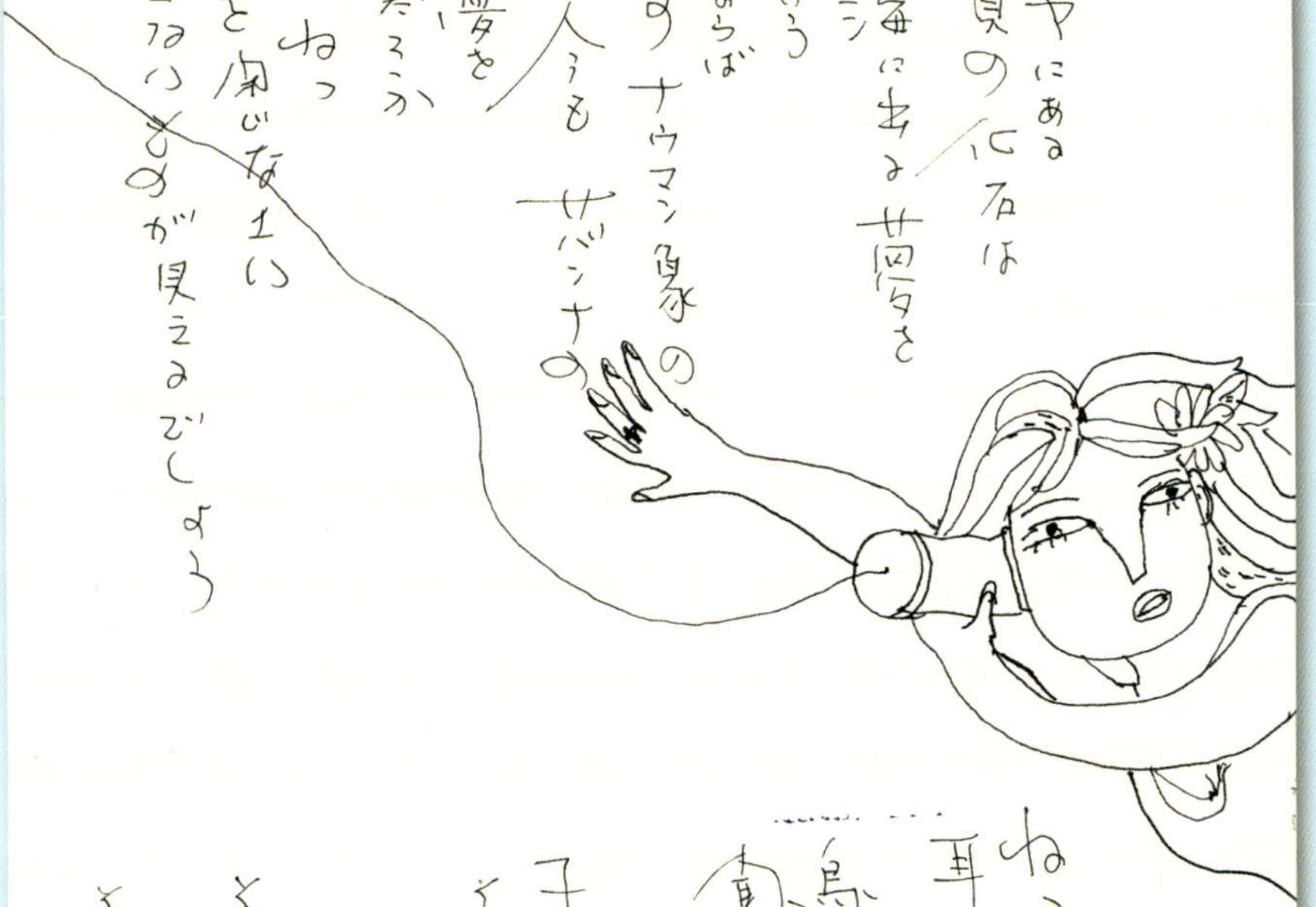

ねっねっ
耳を澄ませなさい
半球の裏の
鳥たちのささやきだって
聞こえるはずです
そしてあなたの足音が
子午線をまたぎ
そっと近づいてくる
その鼓動が……
その鼓動が内から
高鳴り
そのはずみが内を
つらぬき

2007
7.20
shi

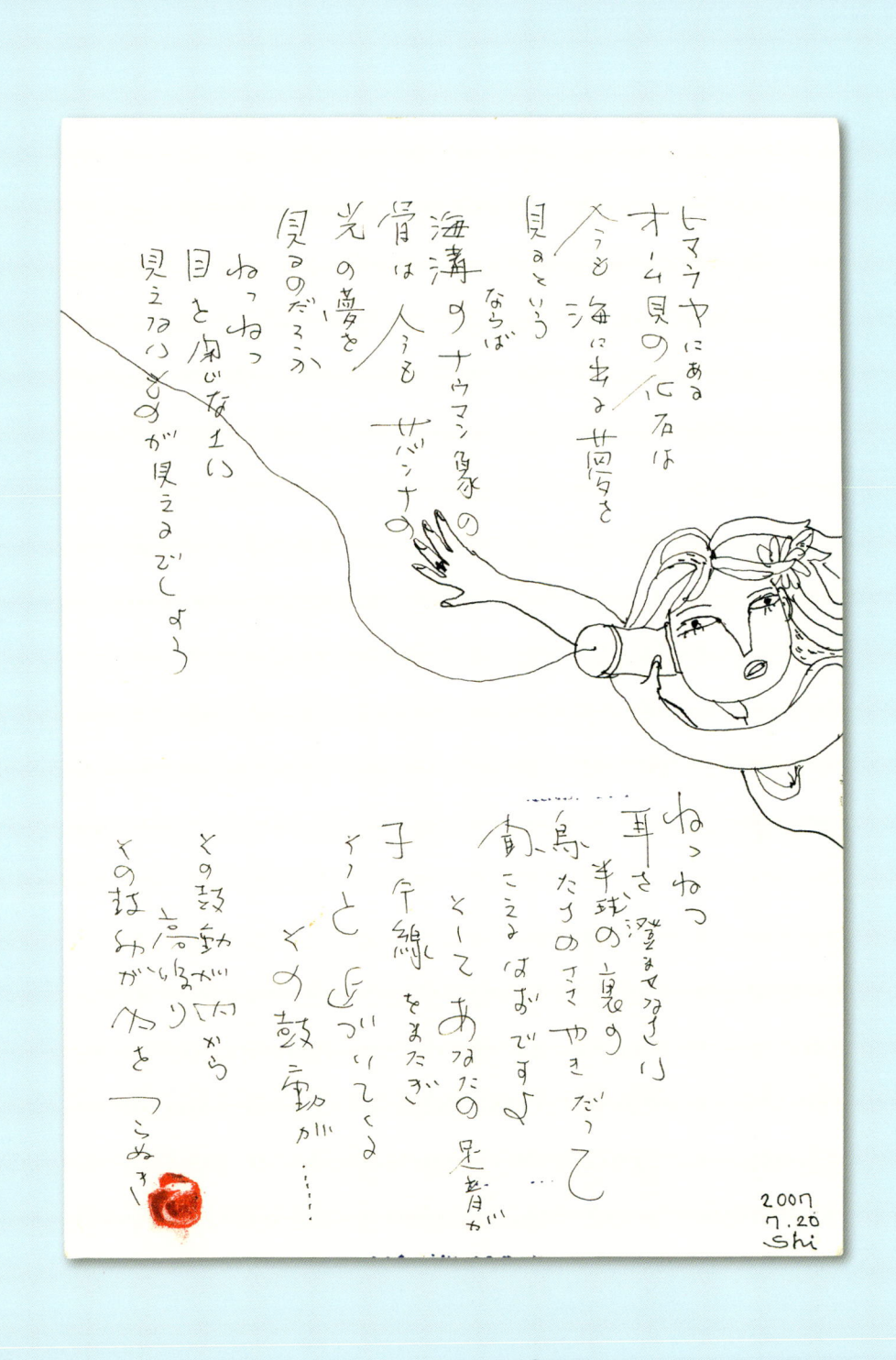

波の下にも
都あり
ジャングル
こそが
摩天楼

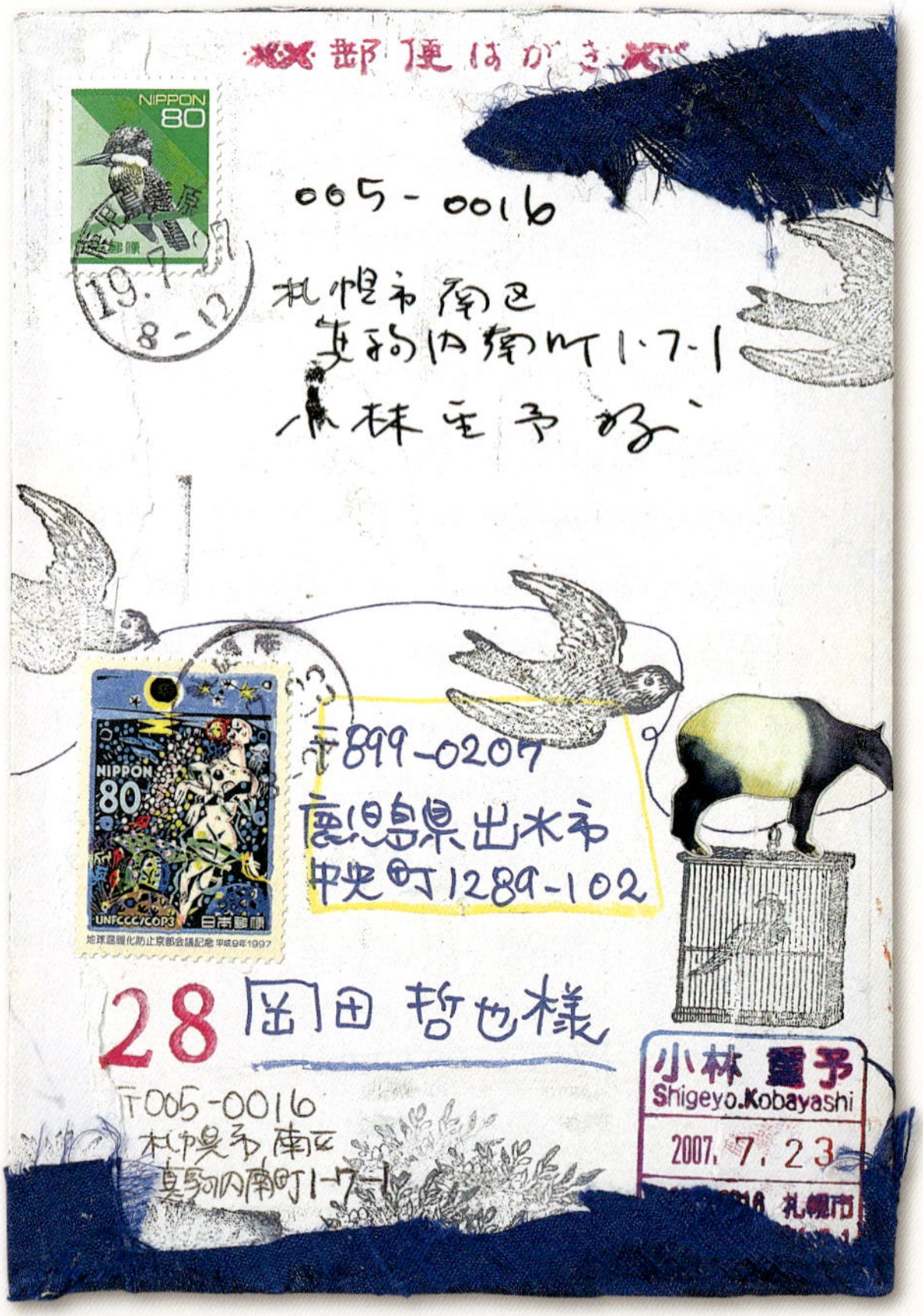

62-63

波の下にも
都あり
ジャングル
こそが
魔天楼
2007
7.7

水が高い所から低い所へ流れるように
言の葉がそよぐのは
どんな風が吹いてるのでしょうか

迷路のなかでひとは少しづつ高い所へ
それとも　低い所へうごめいているのでしょうか
それとも明るい方へ
それとも暗い方へ
動いているのでしょうか

すべての星が五角形でないように
すべての雪が六角形でないように

袋小路では
前後左右を見てはいけません
上か下をみましょう
水が高い所から低い所へ流れるように

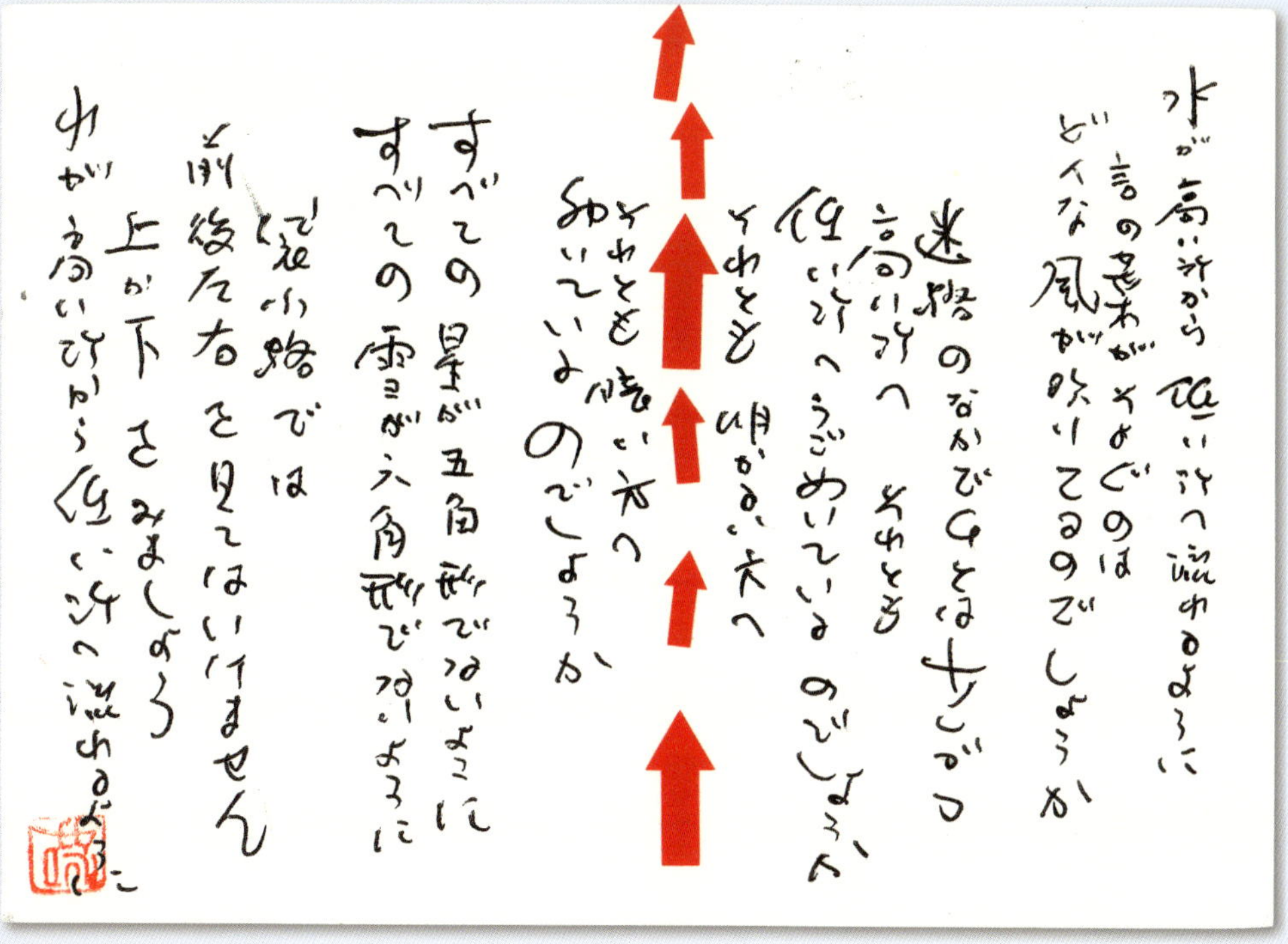
水が高い所から低い所へ流れるように
言の葉がそよぐのは
どんな風が吹いてるのでしょうか
迷路のなかで
高い所へ それとも
低い所へうごめいているのでしょうか
それとも 明るい方へ
それとも 暗い方へ
動いているのでしょうか
すべての星が五角形でないように
すべての雪が六角形でないように
迷い路では
前後左右を見てはいけません
上か下 を みましょう
水が高い所から低い所へ流れるように

日本郵便
15
第16回万国郵便大会議記念 NIPPON
IFIP CONGRESS 80 MEDINFO 80
日本郵便
昭和55年 1980
50
NIPPON
世界コンピュータ会議・医療情報科学国際会議記念
日本郵便
15
第16回万国郵便大会議記念 NIPPON
NIPPON 80
日本郵便
〒899-0207
鹿児島県出水市中央町
二二八九・一〇二
岡田哲也様
〒005-0016
札幌市南区
真駒内曙町
一の七の一
小林重予 様
宛名
29
小林重予
Shigeyo.Kobayashi
7.28
〒005-0016 札幌市
南区真駒内曙町1-7-1

晴れた日には
鳥がはこぶ種になりたい
嵐の日には
風がはこぶ種になりたい
雨の日には
水がはこぶ種になりたい

種になって
地球のうらに
あなたのうらに
翡翠の双葉めぶきたい

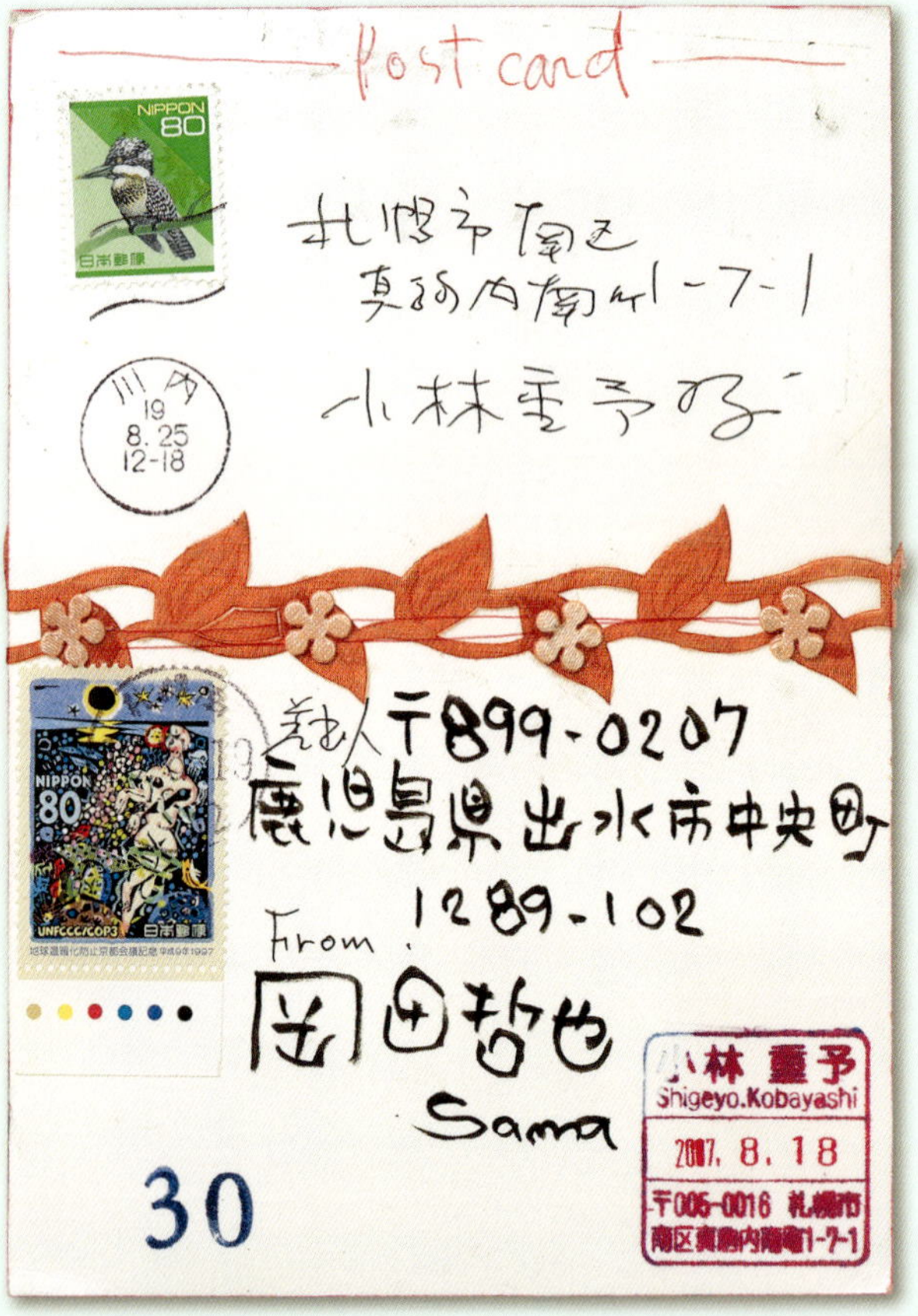

晴れた日には
鳥がはこぶ種になりたい
嵐の日には
風がはこぶ種になりたい
雨の日には
水がはこぶ種になりたい
種になって地球のうらに
あなたのうらに
翡翠の双葉めぶきたい
2007
AUG
18
Shi

太陽に着いた種は
黒点になりました
サバンナに着いた種は
キリンの角になりました

南の島に着いた種は
青虫とたわむれました
花が咲くのは種からです

しかし
種に花のかたちを
きいてはいけません
花へのおもいを
きいてはいけません

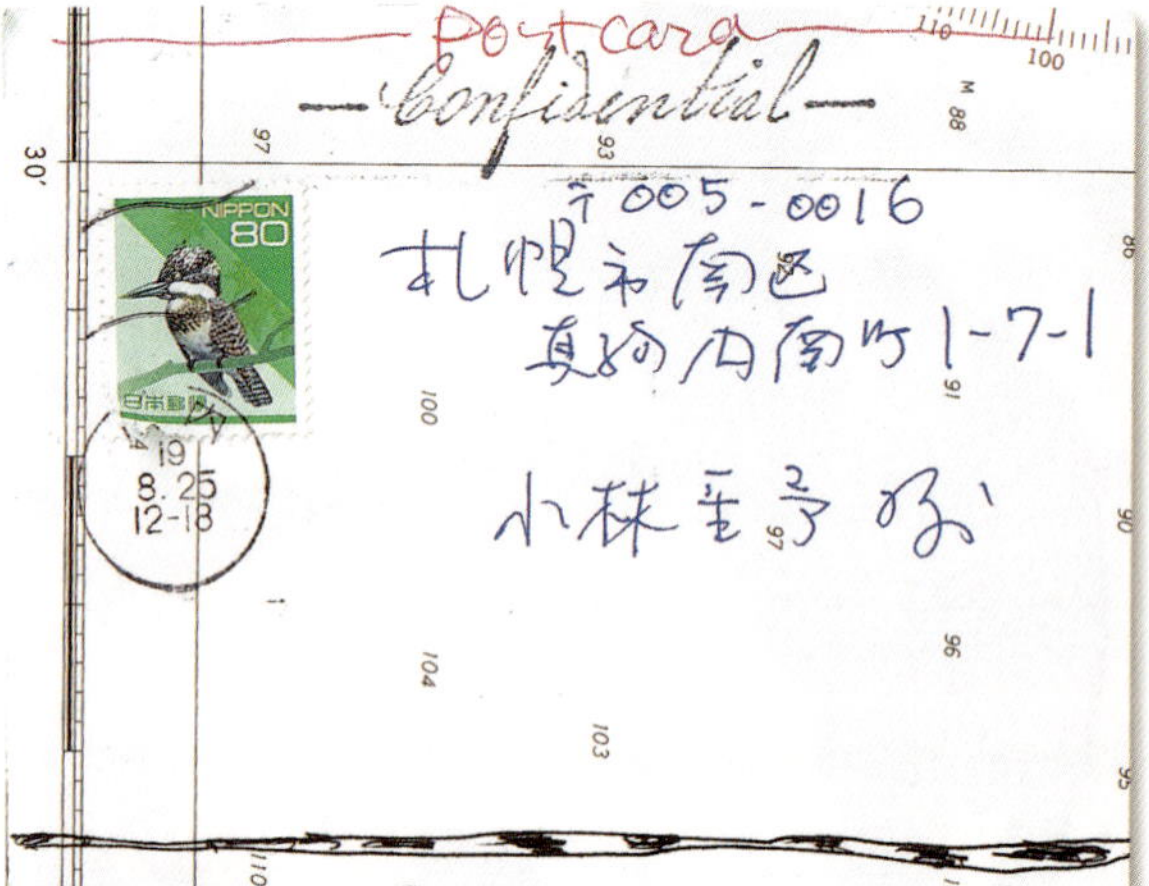

太陽に着いた種は
黒点になりました
サバンナに着いた種は
キリンの角になりました
南の島に着いた種は
青虫とたわむれました
花が咲くのは 種からです
しかし 種に 花のかたちを
きいてはいけません
花へのおもいを
きいてはいけません
KISHMIS

お釈迦さまの
掌の前線で降るのは花
吹くのはため息

この世にふたつとないものは
不二の山
くらげのような太陽
わたしの名　体のへそ

松が枝の印呪のおくで
十六夜の月が
あくびした
明日天気に　なあれ

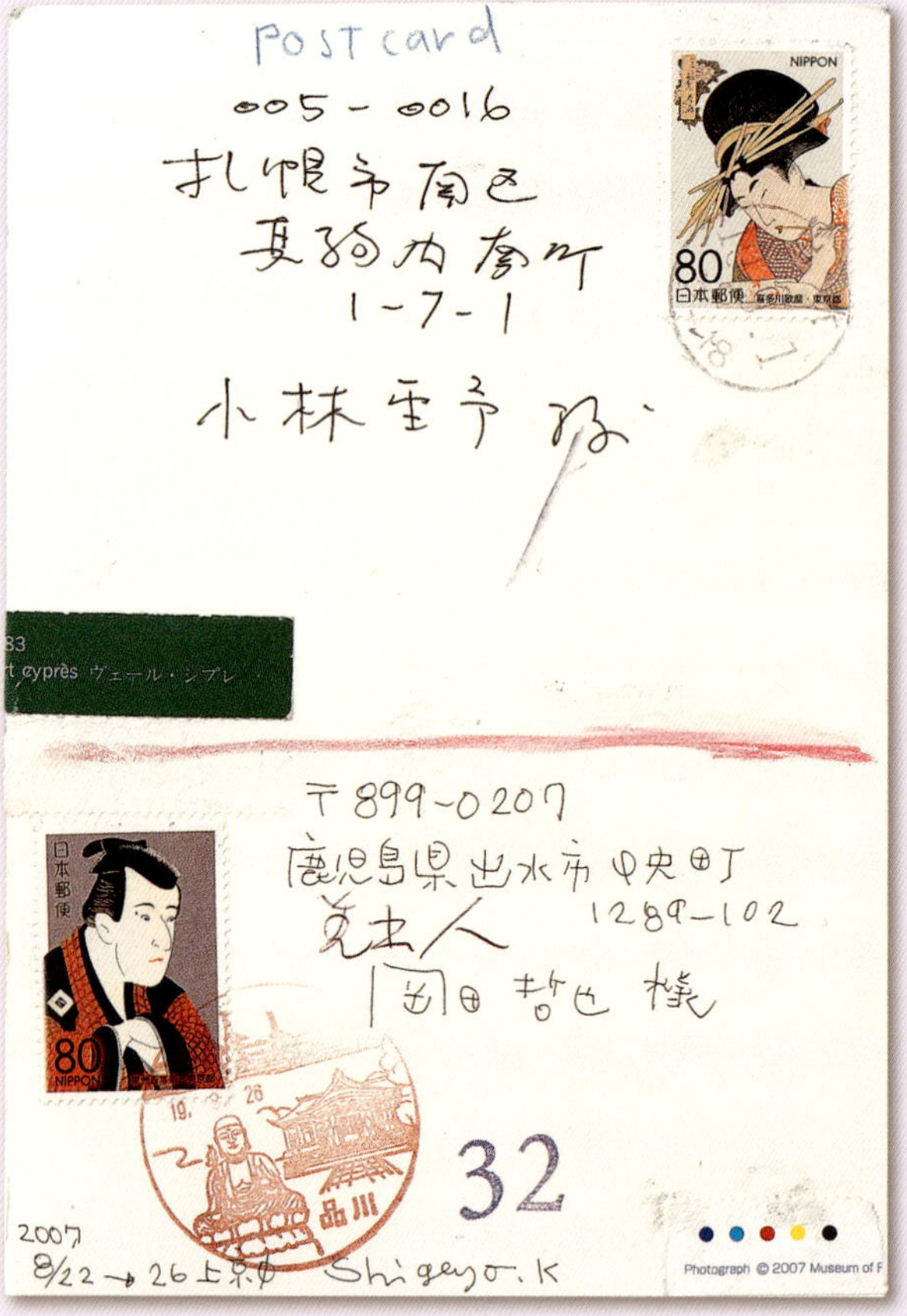

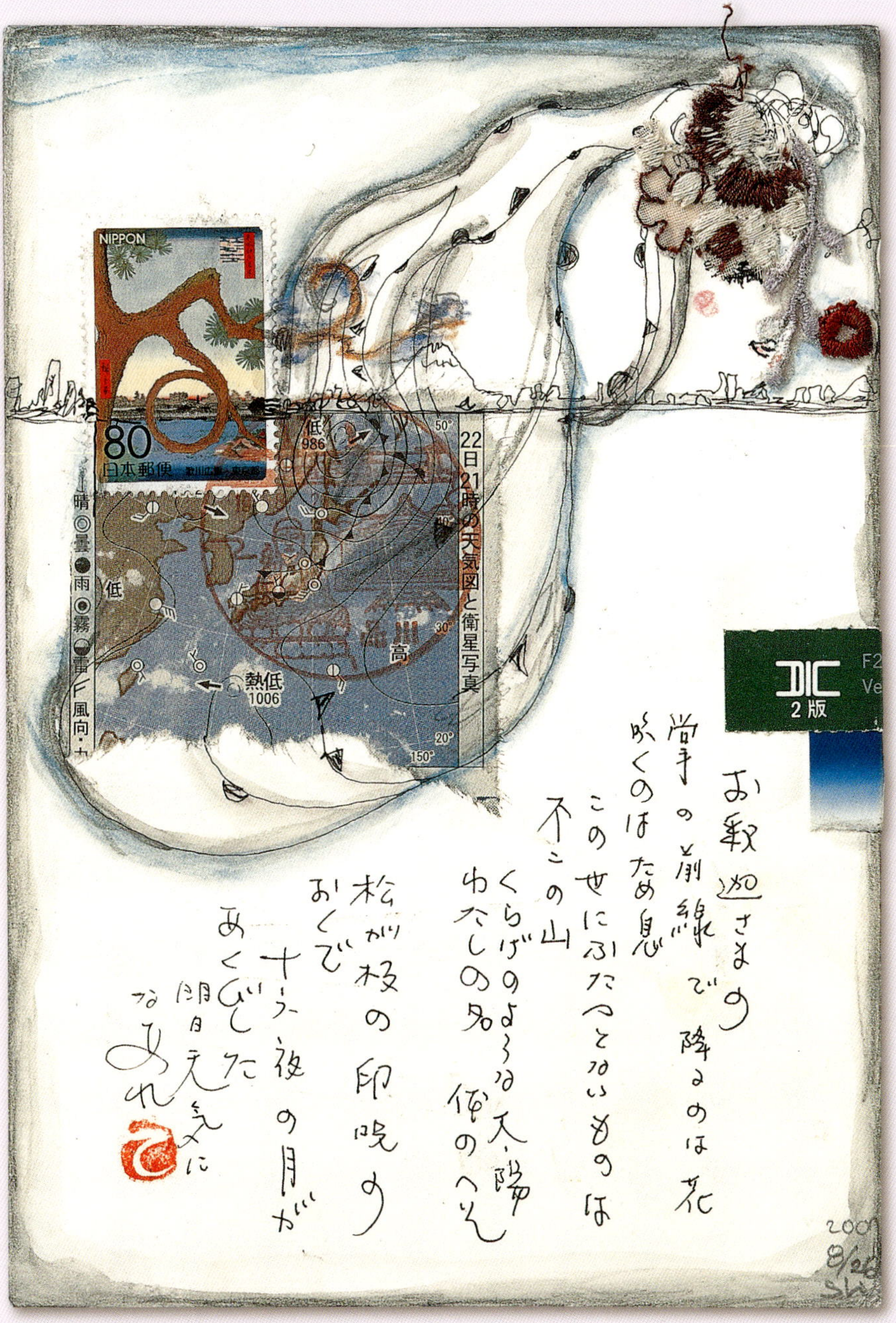
NIPPON
80
日本郵便
22日21時の天気図と衛星写真
晴
曇
雨
霧
雷
風向
低
986
熱低
1006
高
2版
お釈迦さまの
掌の稜線で降るのは花
吹くのはため息
この世にふたつとないものは
不二の山
くらげのような太陽
わたしの名
おくで
十三夜の月が
あくびした

夜走る舟は
星の光を見て走るのです
夜飛ぶ鳥は
灯のような花を思って飛ぶのです

どんなに
海が荒れていても
どんなに
空が荒れていても

星のたより
花のかおりはするのです
重陽の節句の日に

「菊の日や　重ねて嬉し　掌と情」

夜走る舟は
星の光を見て
走るのです
夜飛ぶ鳥は
灯のような花を
思って
飛ぶのです
どんなに
海が荒れていても
どんなに
空が荒れていても
星のたより
花のかおり
はするのです
重陽の節句の日に
「菊の日や 重ねて嬉し 掌と情」

曇のカーテンを開いて
ランドセル背負った天邪鬼と
片折れ翼の天使が
九月の風にのってやってくる

ホーローびきの
青い空から
まっ赤な夕陽が
ずりおちる

お寺の鐘が鳴りますと
にがごりの実が
笑うように割れまする
種さんどこへ
種さんこちら
九月の大地が手を伸ばす

雲のカーテンを開いて
ランドセル背負った天邪鬼と
片折れ翼の天使が
九月の風にのって
やってくる
ホーローびきの
青い空から
まっ赤な夕陽が
ずりおちる
お寺の鐘が鳴りますと
にがごりの実が
笑うように
割れまする
種さん どこへ
種さん こちら
九月の大地が手を伸ばす

事実
どんな種にも宇宙があると書いて
それは種ではなく
卵のことではないかと
思ったのですが
卵がそうなら
どんな丼にも宇宙があるということと
同じではないかと思い
では丼と種には
どんな関係がと考えてみて
どんな宇宙にも種があると
考えた次第です

しかし　宇宙の種とは
なんでしょうか
太陽の黒点のような
恥でしょうか
笑みでしょうか　罪でしょうか

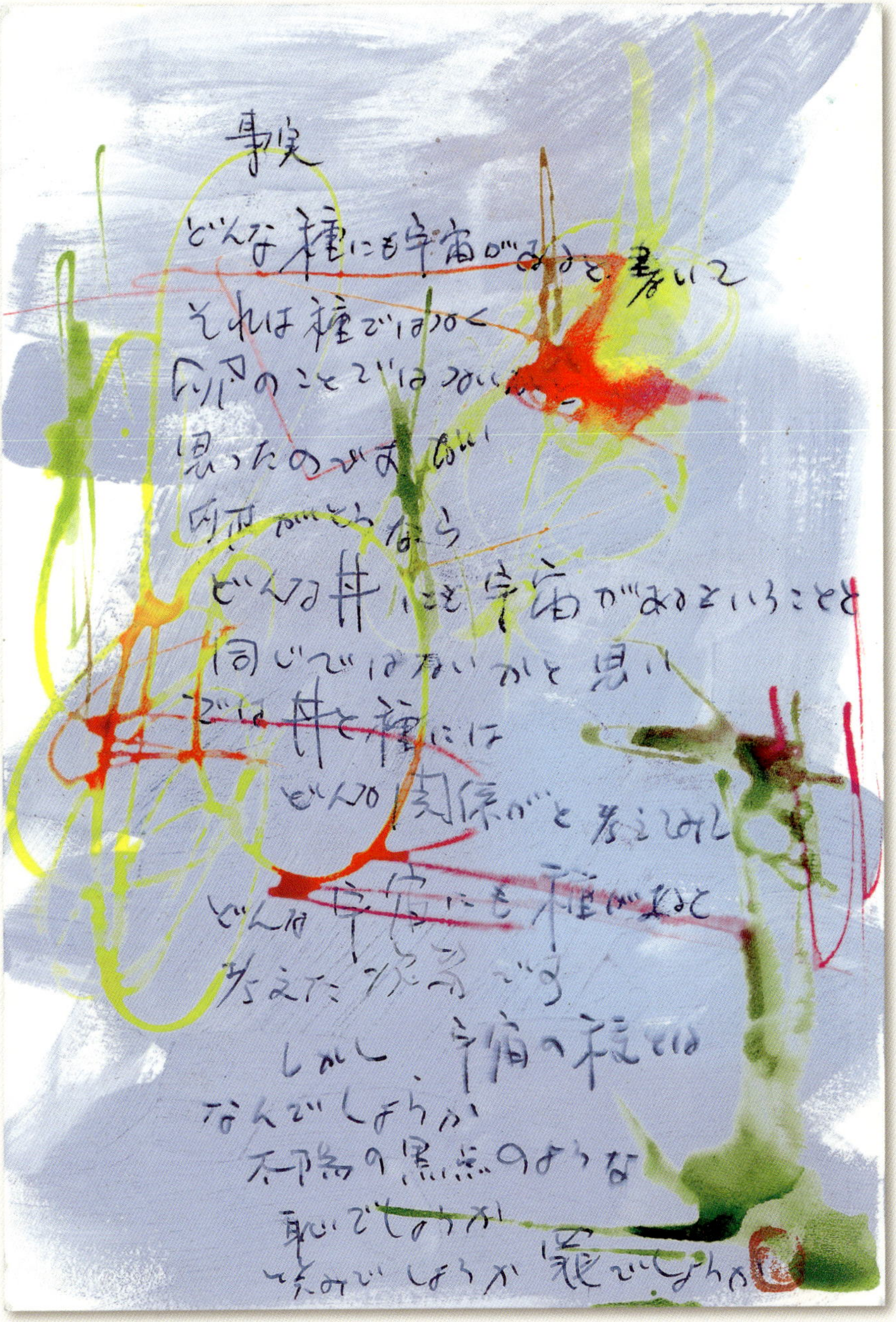
事実
どんな種にも宇宙があると書いて
それは種ではなく
卵のことではないかと
思ったのでもない
卵がそうなら
どんな井にも宇宙があるということと
同じではないかと思い
では井と種には
どんな関係がと考えてみて
どんな宇宙にも種があると
考えた次第です
しかし　宇宙の種とは
なんでしょうか
太陽の黒点のような
恥でしょうか
笑みでしょうか　罪でしょうか

赤いアスパラガスが咲いてる
と子どもがいった
でも　それは
彼岸花だった

お彼岸がくるから
彼岸花が咲くのではない

彼岸花を見て
私は秋を知り
お墓のあの人のこと思うのだ

彼岸花
風車にして
雲にのる

赤いアスパラガスが咲いてる
と子どもがいった
でも それは
彼岸花だった
お彼岸がくるから
彼岸花が
咲くのではない、
彼岸花を見て
私は秋を
知りお盆の
あの人のこと思うのだ
彼岸花
雲に

海図のない海に
旅をして
地図にない町を
うろつく
活字より倉の糀《こうじ》が
美しい花を咲かせる頃
夜走る舟は
かすかな星をたよりに
黒い波をのりこえる

海風のない海に
旅をして
地図にない所を
うろつく
活字より 倉の糀《こころ》が
美しい花を咲かせる頃
夜走る 舟は
かすかな 星を たよりに
黒い 波を のりこえる
2007
09.23

卵の月に
鈴虫が胡しょうふりかけて
食べる日は
掌の太陽丘が
かゆくなる日です

秋の茜が目にしむ頃は
旅の風が
心にしみるのです

丼のなかに
月と星があるおかしさ

The Drink B
Earl Grey Tea
SKYLARK GROU

は中秋の名月
今宵
19年) 9月25日

仲の月に
鈴虫が胡しょう
食べつける日は
洋学の太陽丘が
かゆくなるほどです

秋茜が
目にしむ頃は
旅の風が
心にしみるのです

丼のなかに
月と日星がある
みかし

雪のふる日の空はたとえば
ぶりき
あいた口がふさがらないのが
おどろき
秋魂まではきだしてしまうのが
ためいき
なんでもかんでも食べてしまうのが
がき
あぶなくてキキキと踏むのが
ぶれえき
口から言葉の木がはえるのが
なきわめき
あしたのてんき
あなたのうんき
わたしはあさってのうてんき

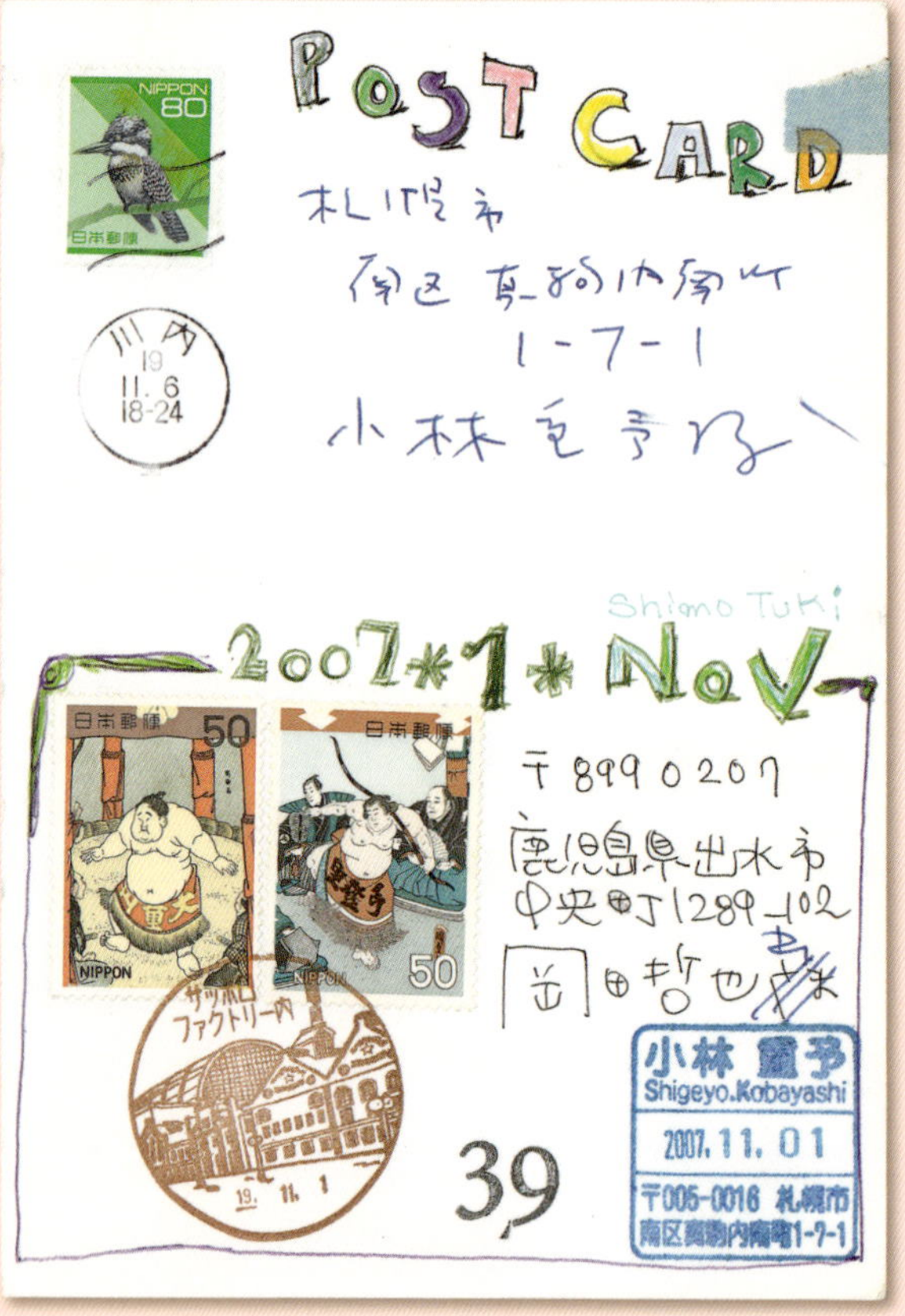

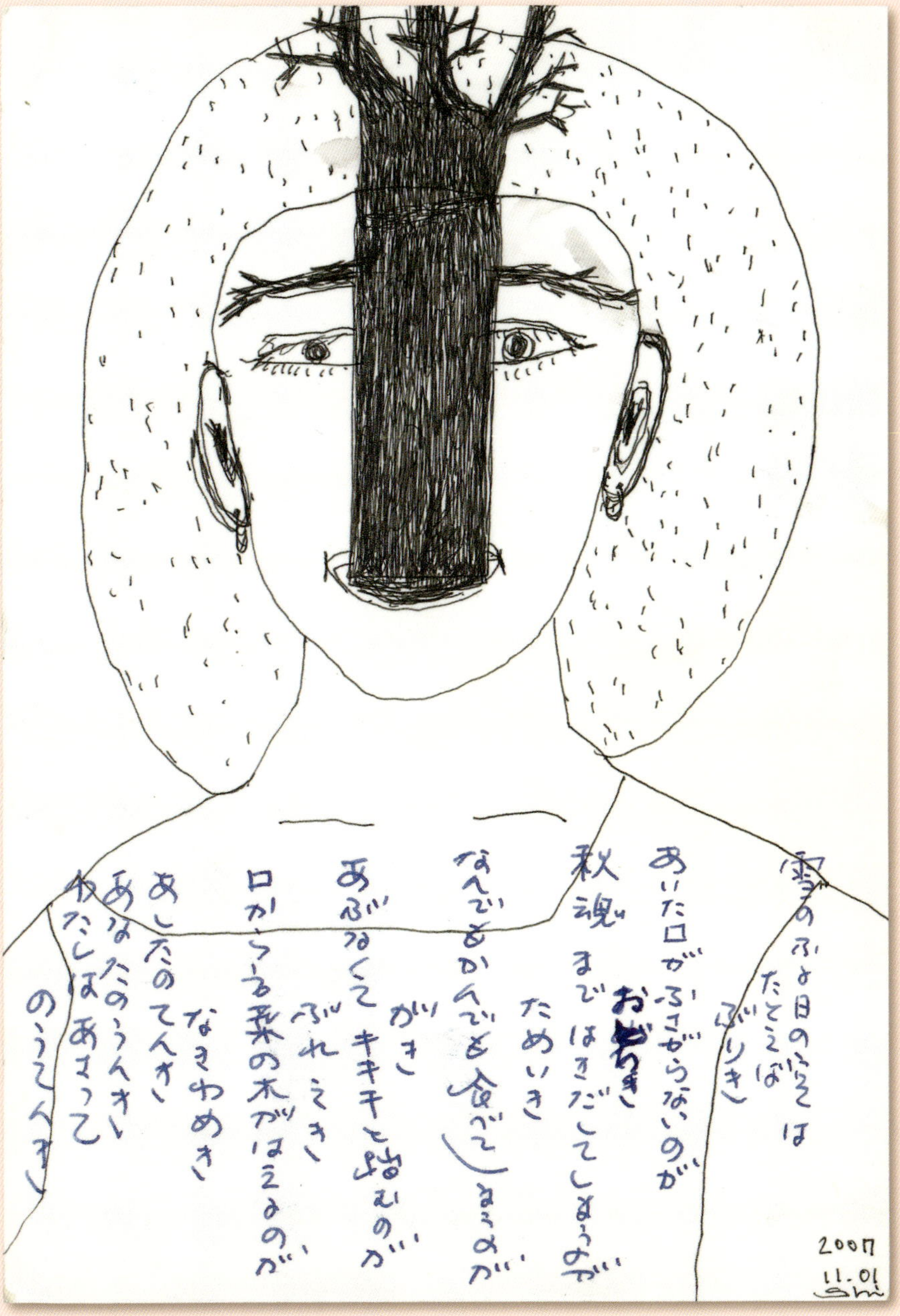
雪のふる日の空は
たとえば
ぶりき
あいた口がふさがらないのが
おどろき
秋魂まではきだしてしまうのが
ためいき
なべでもかんでも食べて
しまうのが
がき
あぶなくてキキキと踏むのが
ぶれえき
口から菜の木がはえるのが
なきわめき
あしたのてんき
あなたのうんき
わたしはあさって
のうてんき
2007
11.01

来年のことを言えば
鬼がわらうといった
あさってのことは
摩天楼がわらうのか

大股びらきのエッフェル塔が
いっぱいいっぱいいっぱいいっぱい
文明やら田舎の糞尿やら
なりあがりのキリストもどきを
流産するので
大陸の太陽の光は
陰毛のようにも
ちぢれてかがやくのです
おとといの
においをして

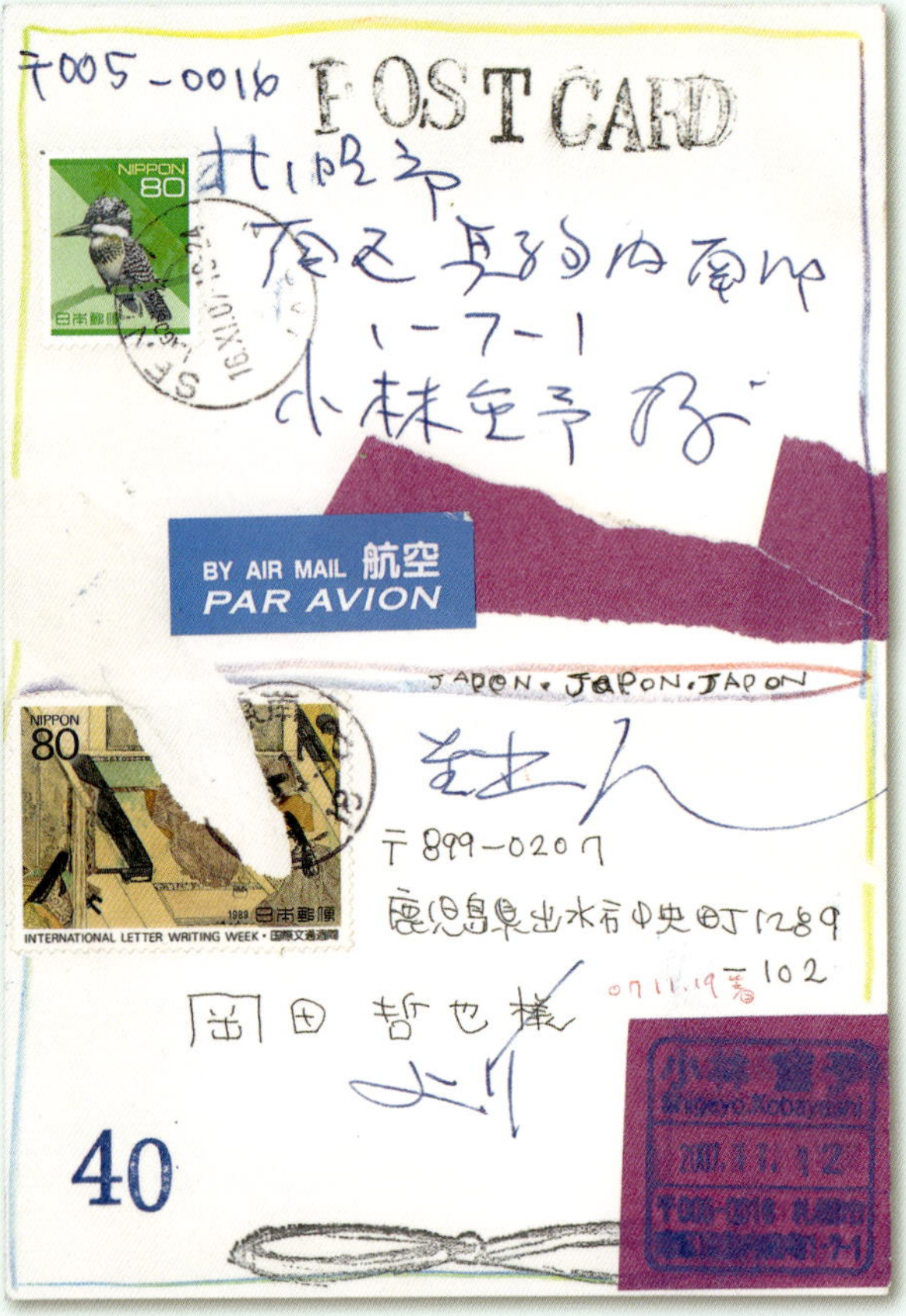

未来のことを言えば 鬼がわらうといった
あさってのことは 摩天楼がわらうのか
大股びらきのエッフェル塔が
いっぱいっぱいっぱい文明やら田舎の羞ろれ
いっぱい、なりあがりのキリストもできて
や誕生するので
大陸の
太陽を
は陽光
のように
も
ちぶりゆえ
かぐやひめとす
おとといの
にあいそして
PARIS
2007.11.12

血がにじむ
傷は　じつは
あなたの花なんです
まさか　それが
勲章とか
コサージュとか
いいませんが
傷があるのが
人なんです
命なんです

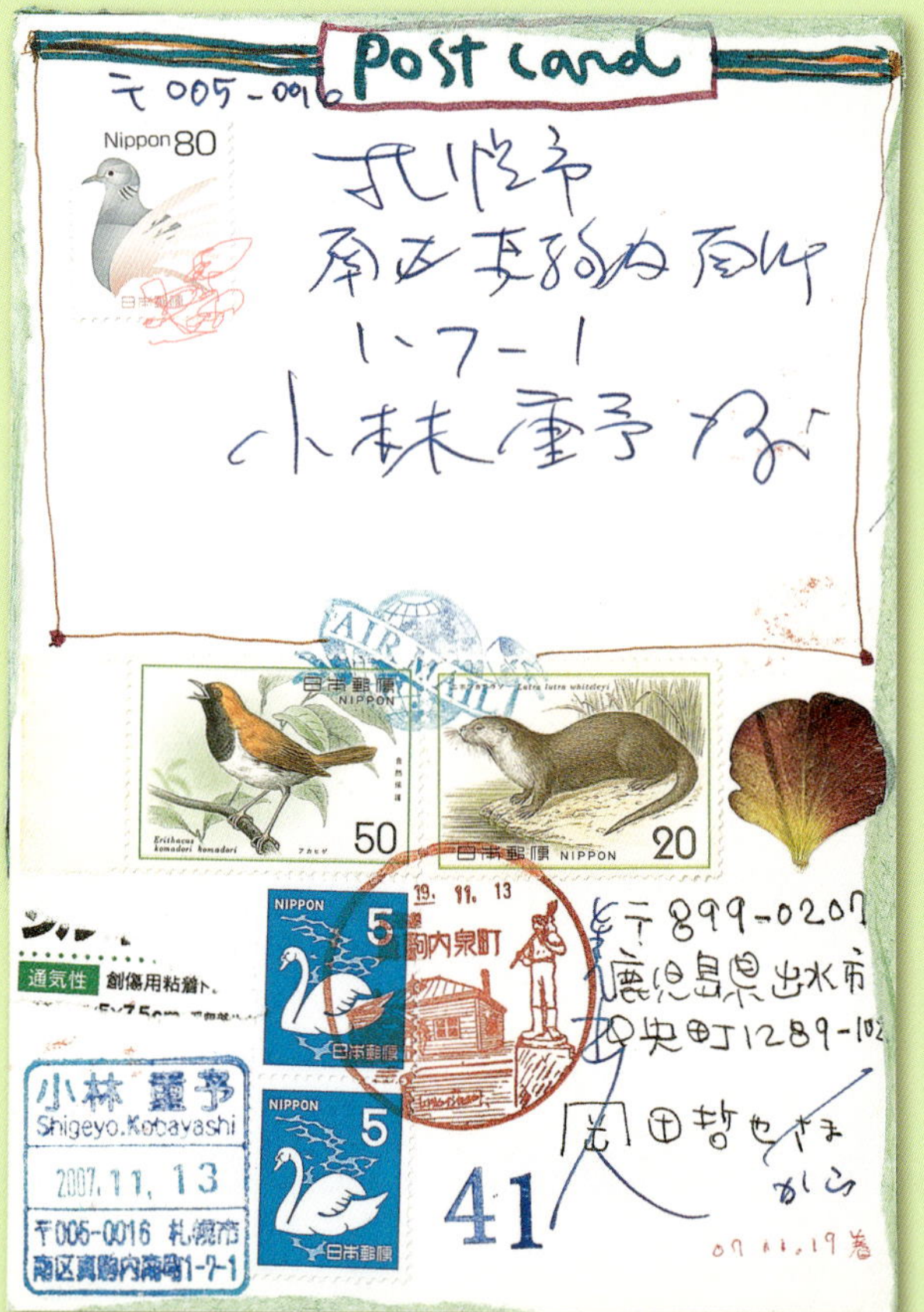

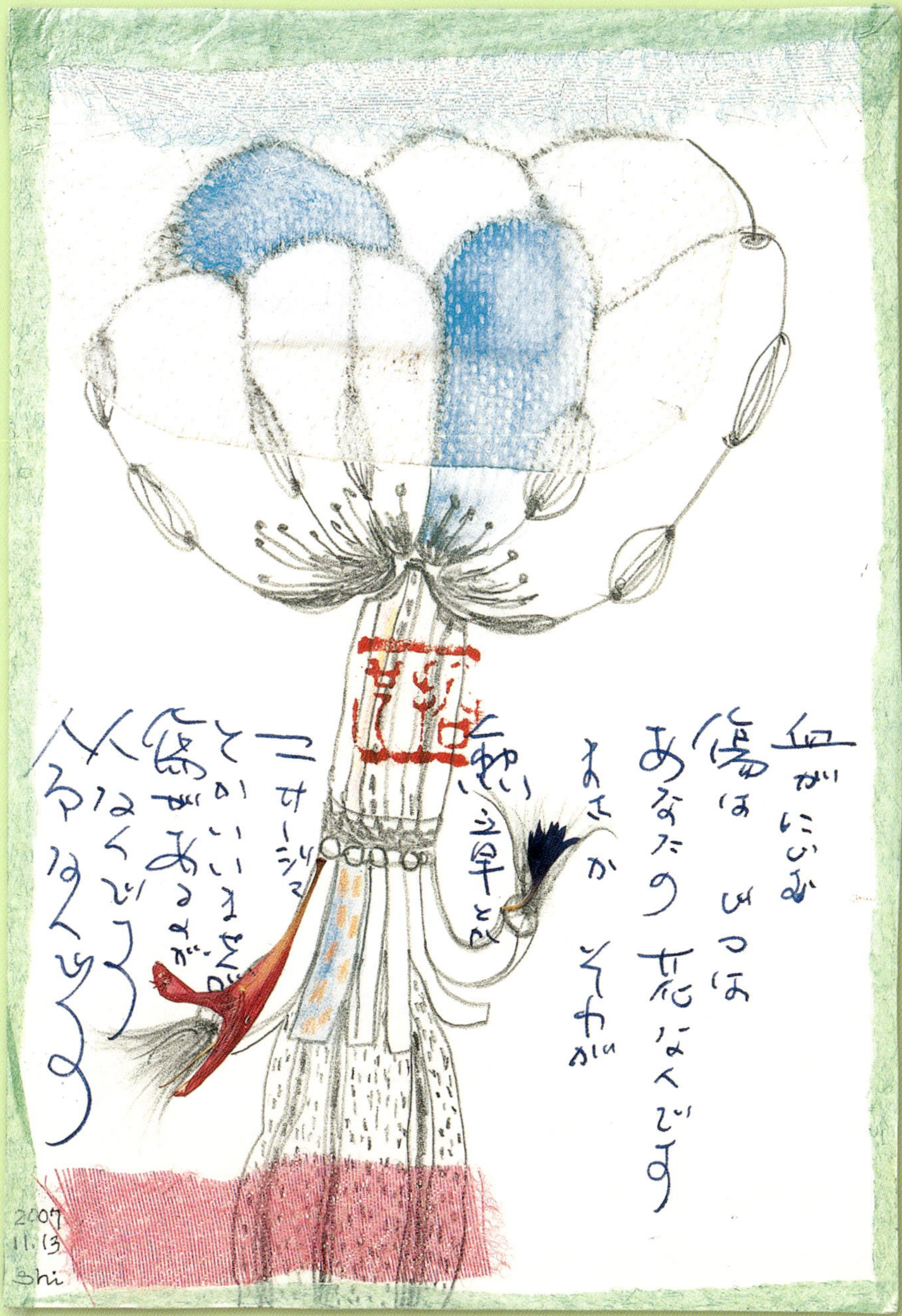
血がにじむ
傷は いつは
あなたの 花なんです
まさか そんない
勲章と
とかいまど
傷があるが
人なんです
今はすんなり
2007
11.13
Shi

カラスさん
群をはなれたことを
なげきなさんな
ひとりぼっちということは
あなたに
ひとりでがんばれと
だれかがチャンスを
くれたことなんです
ほら　波だって
なつかしく
裏返っている

かえさん
群をはなれたことを
なげきなさんな
ひとりぼっちということは
あなたに
ひとりでがんばれと
だれかがチャンスを
くれたことなんです
ほら　波だって
なつかしく
寄せ返っている

雲が花にみえる日がある
雲があなたに見える日がある
そんな日は
ため息で手まりつきましょか
まりにはトゲがあるのでしょうか

雲が花にみえる
日がある
雲があなたに
見える日がある
そんな日は
ため息で
手まりつきましょか
まりにはトゲがあるのでしょ
うか
07
12.06

それとも花びら
にじむでしょうか

雲が花に見える日は
ヤコブの階段のぼりつつ
そのまま鳥になりましょう
そのまま風になりましょう

天使の衣がそよそよと
雲間がくれに
鳴ってます

それとも 花びら
にじむでしょうか
雲が花に見える日は
ヤコブの階段のぼりつつ
そのまま 鳥になりましょう
そのまま 風になりましょう
天使の衣がそよそよと
雲間がくれに
鳴ってます
2007.12.09
Shi

海の底にも　海の花咲く
空の奥にも　空の花咲く
泥の中にも　泥の花咲く

さて花の中には
どんな虫がいるのだろう
どんな星が流れるのだろう
どんな主がいるのだろう

海をつきぬけて　海の花咲く
空をつきぬけて　空の花散る
泥をつきぬけて　泥の花散る

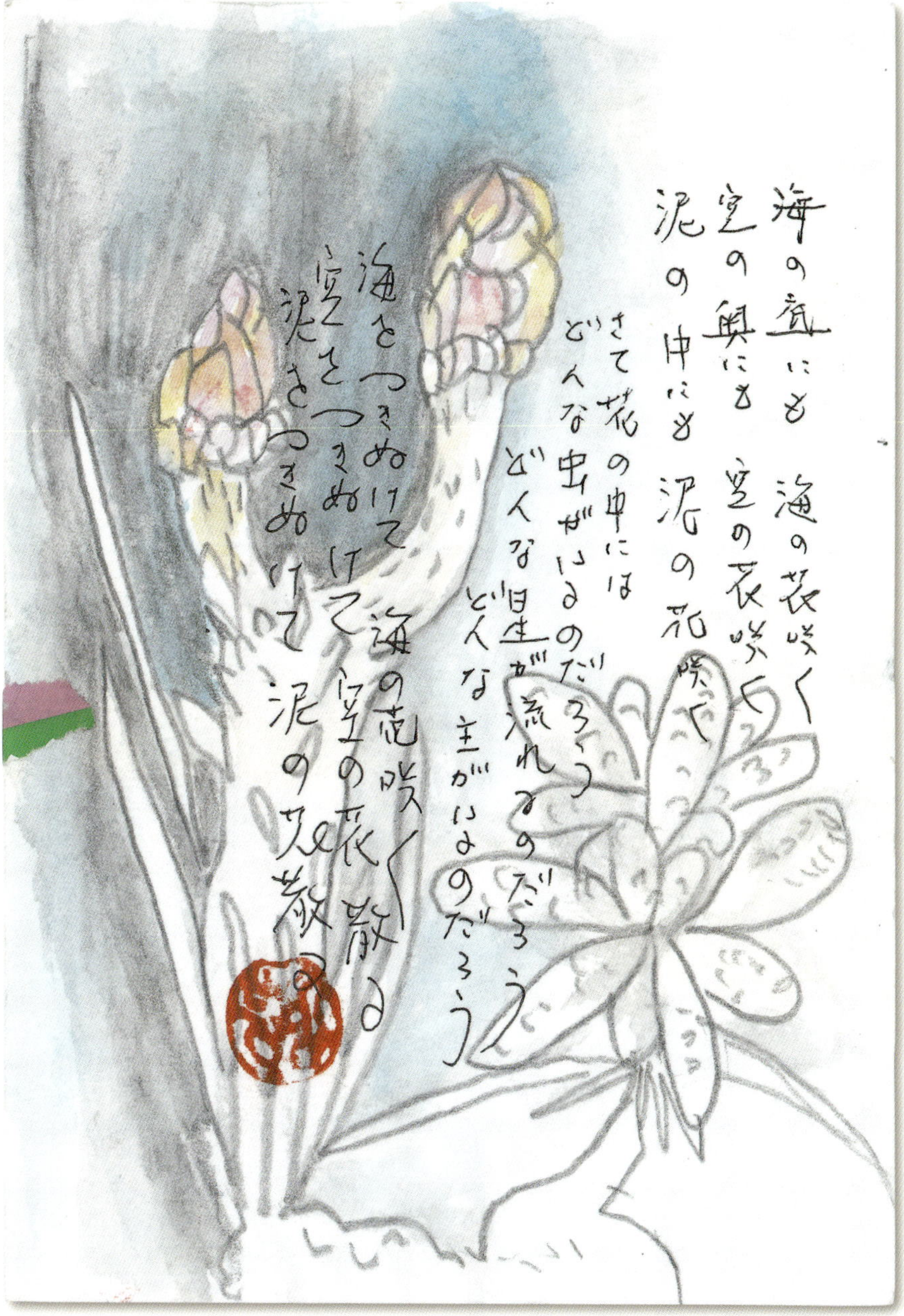
海の底にも　海の花咲く
空の奥にも　空の花咲く
泥の中にも　泥の花咲く
さて花の中には
どんな虫がはるのだろう
どんな星が流れるのだろう
どんな主がはるのだろう
海をつきぬけて　海の花咲く
空をつきぬけて　空の花散る
泥をつきぬけて　泥の花散る

指には蛇が
棲む

茶の花や
指には白い
蛇が棲む

池には禿の
お月さま
鴨眠る
池には禿の
お月さま

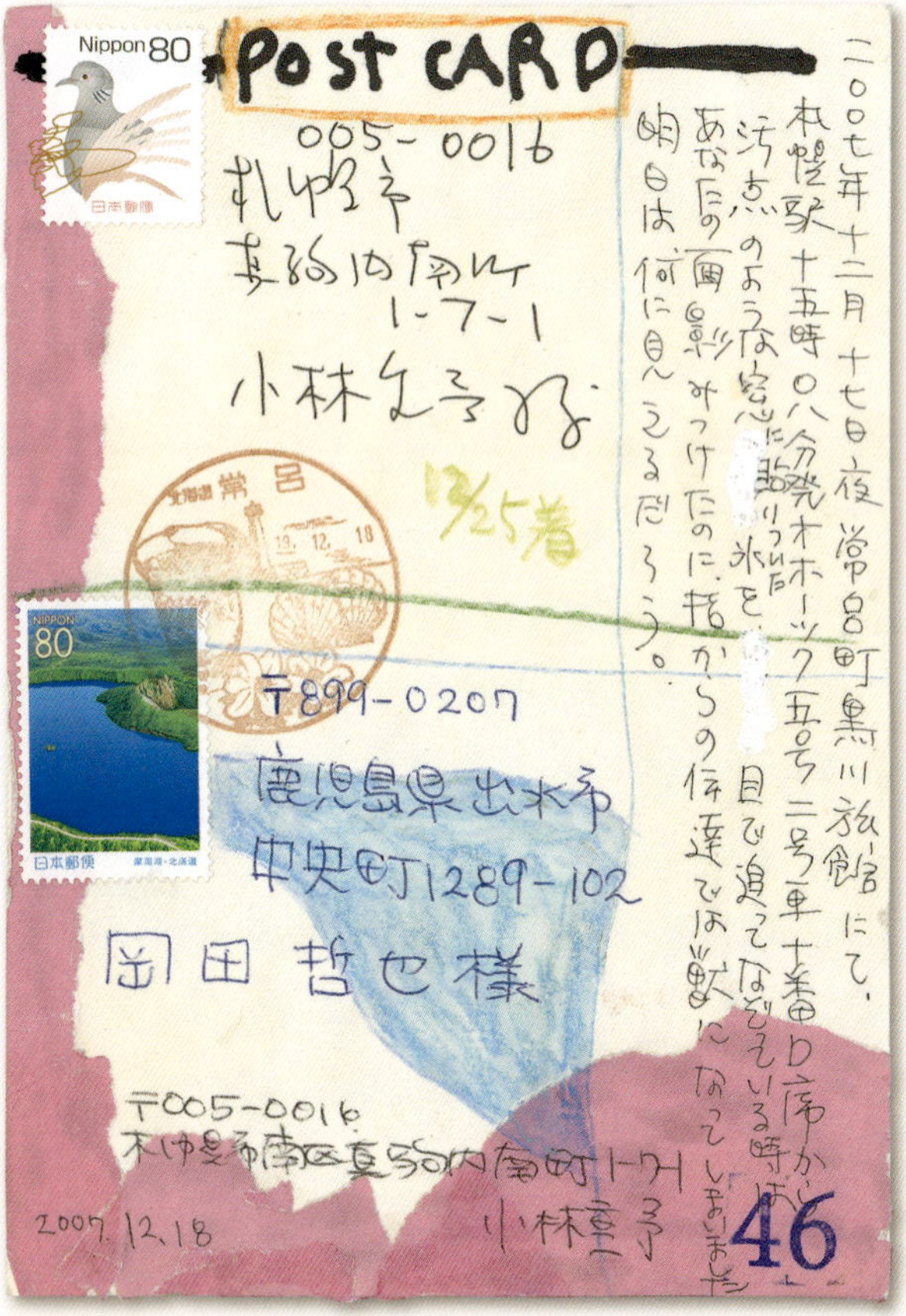

指には蛇が
棲む
茶の花や
指には白い
蛇が棲む
池には秋の
お月さま
鴨眠る
池には秋の
お月さま
EXPRÈS

お面かぶって
お顔がみえない人がいる
お面かぶって
お顔しかみえない闇がある

しぐれが洗った畑で
とりのこされた芋が
しろく笑っている
まるでしけの海に
うかびあがるあなたの
舟のように
よせる波　かえす波
よせる闇　かえす闇
ゆく年　くる年
ゆく星　くる星

よろこびも　さびしさも
かみしめるための
一杯の酒がある

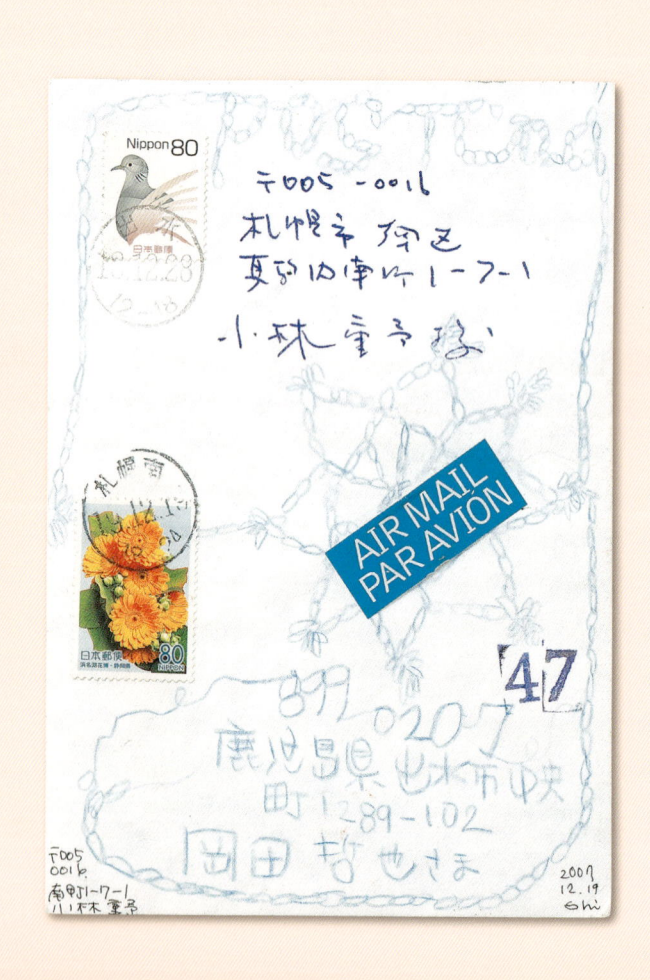

お面かぶって お顔がみえない人がいる
お面かぶって お顔しかみえない窗がある
しぐれが洗った畑で
とりのこされた芋が
しろく笑っている
まるでしけの海に
うかびあがるあなたの
舟のように
よせる波がこころの風
よなかのこころの窗
ゆく年くる年
わく星くる星
ようこそさびしさも
わかちあうための
一杯の酒がある
2007
12.19

ゆきのしたにも　草が春を夢みて　生きている
氷のしたにも　メダカが春を夢みて　生きている

まだ越える峠があるといううれしさ
まだ耐えられる淋しさがあるというよろこび

雪がとけると水になるといったら
雪がとけると春になるとこどもがいった

まだ心がさわぐというおさなさ
まだまだがんばりたいというせつなさ

鶴舞うか　ぬきさしならぬ　わが硯池

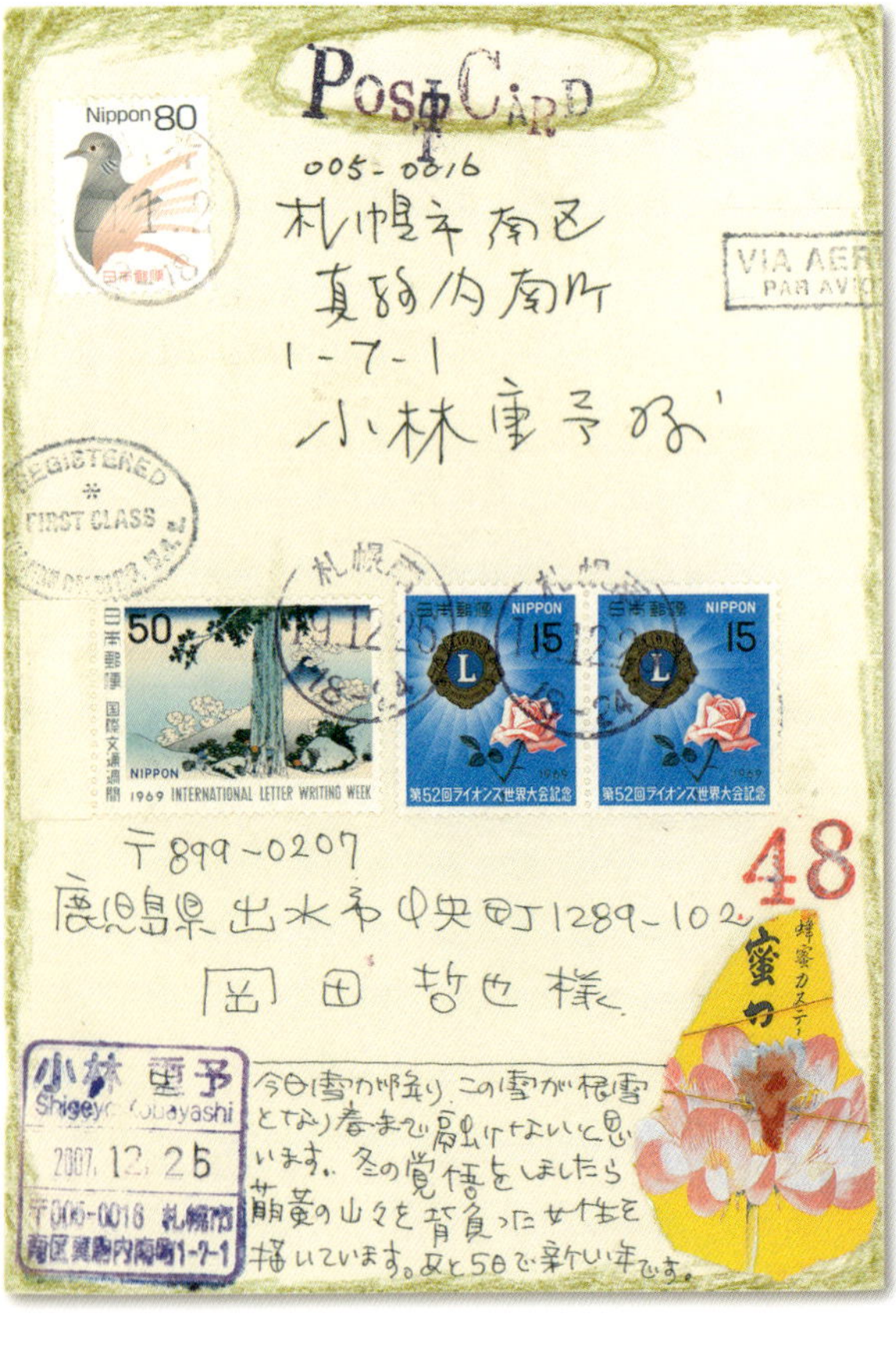

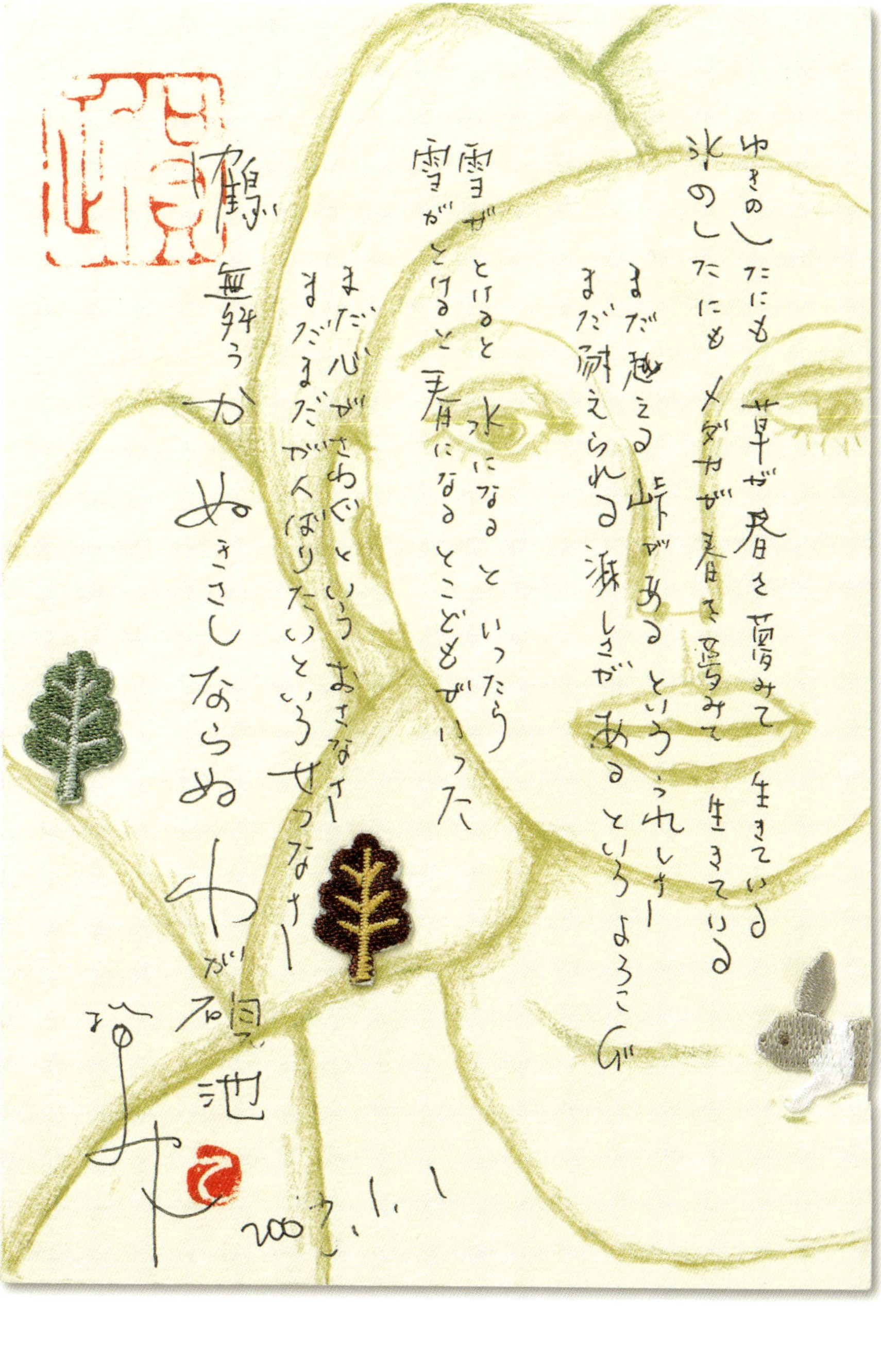
ゆきのしたにも草が春を夢みて生きている
氷のしたにもメダカが春を夢みて生きている
まだ越える峠があるといううれしさー
まだ耐えられる淋しさがあるというよろこび
雪がとけると水になるといったら
雪がとけると春になるとこどもがいった
まだ心がさわぐというおさなさー
まだまだがんばりたいというせつなさー
鶴が舞うかぬきさしならぬやが石鳴池
2007.1.1

わたし　ふかく感じることはできても
わたし　ふかく考えることはできない

しかも　ふかく傷つけることはできても
わたし　ふかく慰めることはできない

ふれあったところから
かがやいてゆくか
くさってゆくか

くだものはくだもの
けだものはけだもの

わたし　ふかく生きることはできても
わたし　ふかく死ぬことはできない

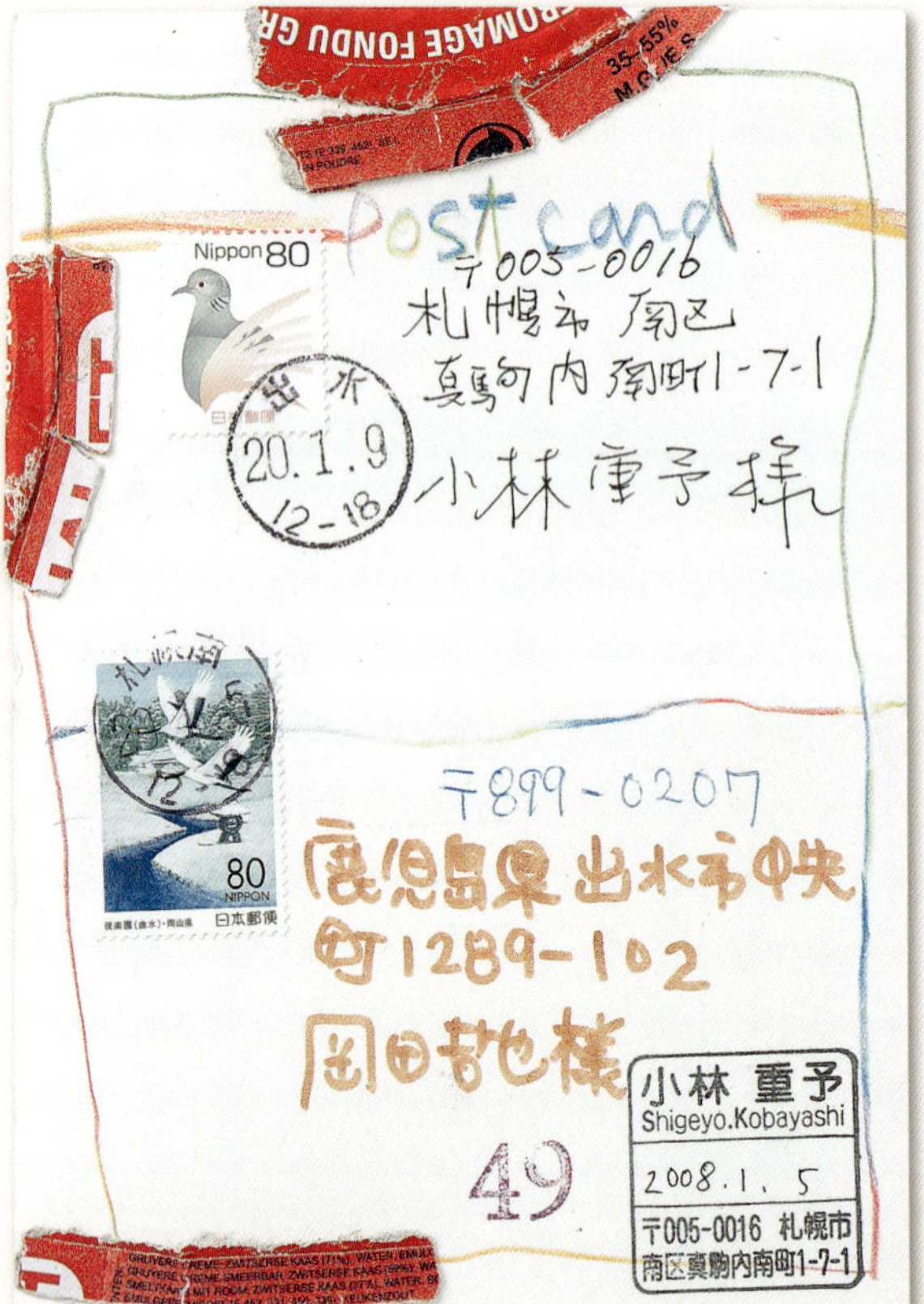

わたし ふかく感じることはできても
わたし ふかく考えることはできない

しかも ふかく傷つけることはできても
わたし ふかく慰めることはできない

ふれあったところから
かがやいてゆくか
くさってゆくか

くだものはくだもの
けだものはけだもの

わたし ふかく生きることはできても
わたし ふかく死ぬことはできない

'08. 1. 7.

なんかいも嬉しいことが重なると
わたしもうついついいつもの巣に逃げこむ
なんかいも悲しいことが重なると
わたしもうついついいつもの穴に逃げこむ
巣はおうち　穴は母さんのおなかににて
わたし宇宙のちりになる

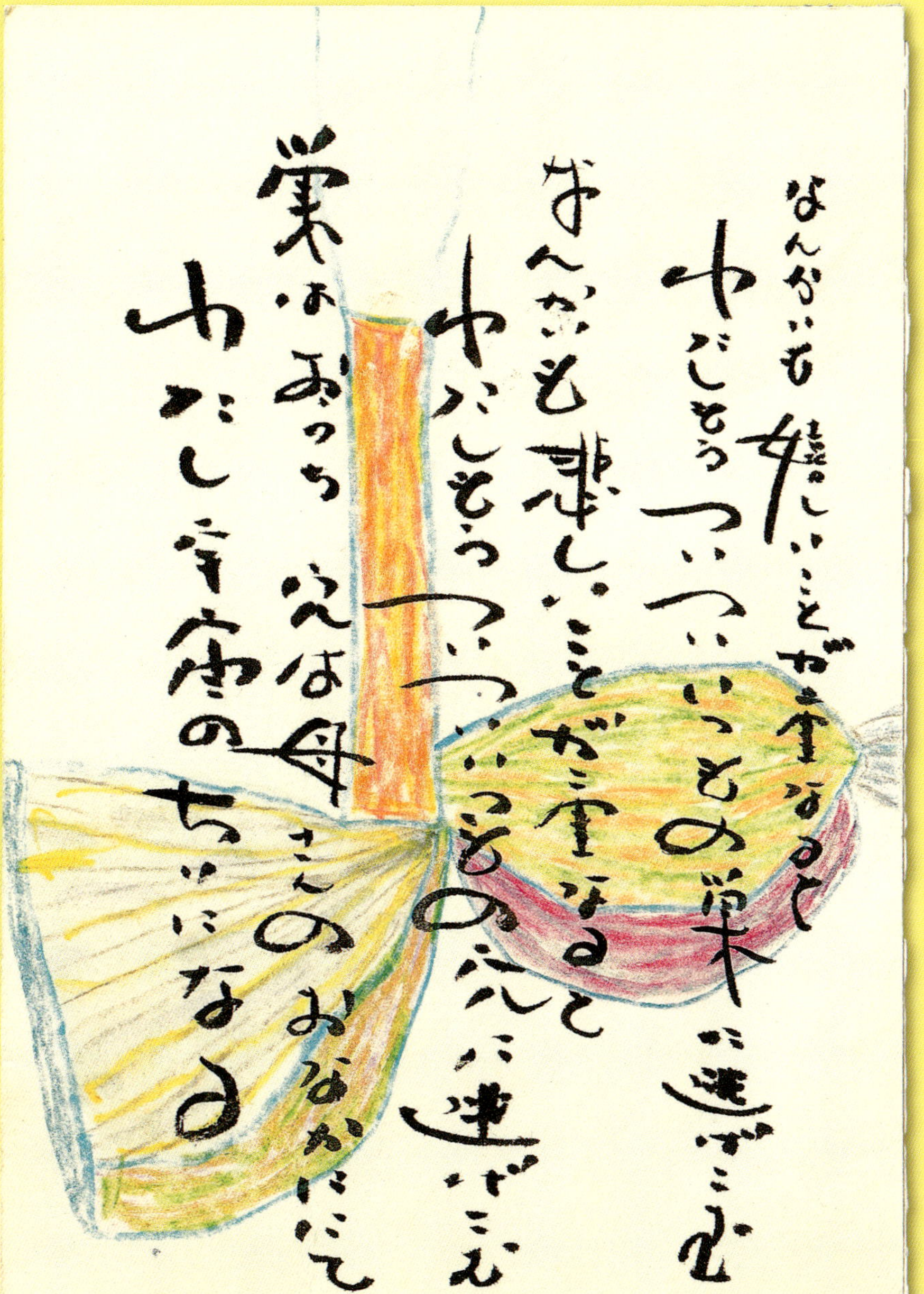
なんかいも 嬉しいことが重なると
やだしそう ついついものの巣に運びこむ
なんかいも 悲しいことが重なると
やだしそう ついついものの穴に運びこむ
巣はおうち 穴は母さんのおなかにて
やだし宇宙のちりになる

人の肌をおおっているのは鱗
それとも羽根
それとも産毛のような恥
いえいえ
白薩摩の貫入のような
肌なのです
だから人は
鱗や羽根や
言葉をまとって
風や光や
眼差しをよけるのです

鱗人の肌をおおっているのは
それとも羽根
それとも産毛のような恥
いえいえ
白薩摩の貴人のような
肌なのです
だから人は
鱗や羽根や
うぶ毛をみにまとって
風やえや
肌寒しを
よけるの
ひよ

きょうあのひとは
あめかゆきがふりそうな
かおをしていました
わたしはそれで
ずがのじかんに
とうさんのかみのけを
きいろくぬりました
するとおくの
とおさんが
はるのたいようのような
かんじがしました

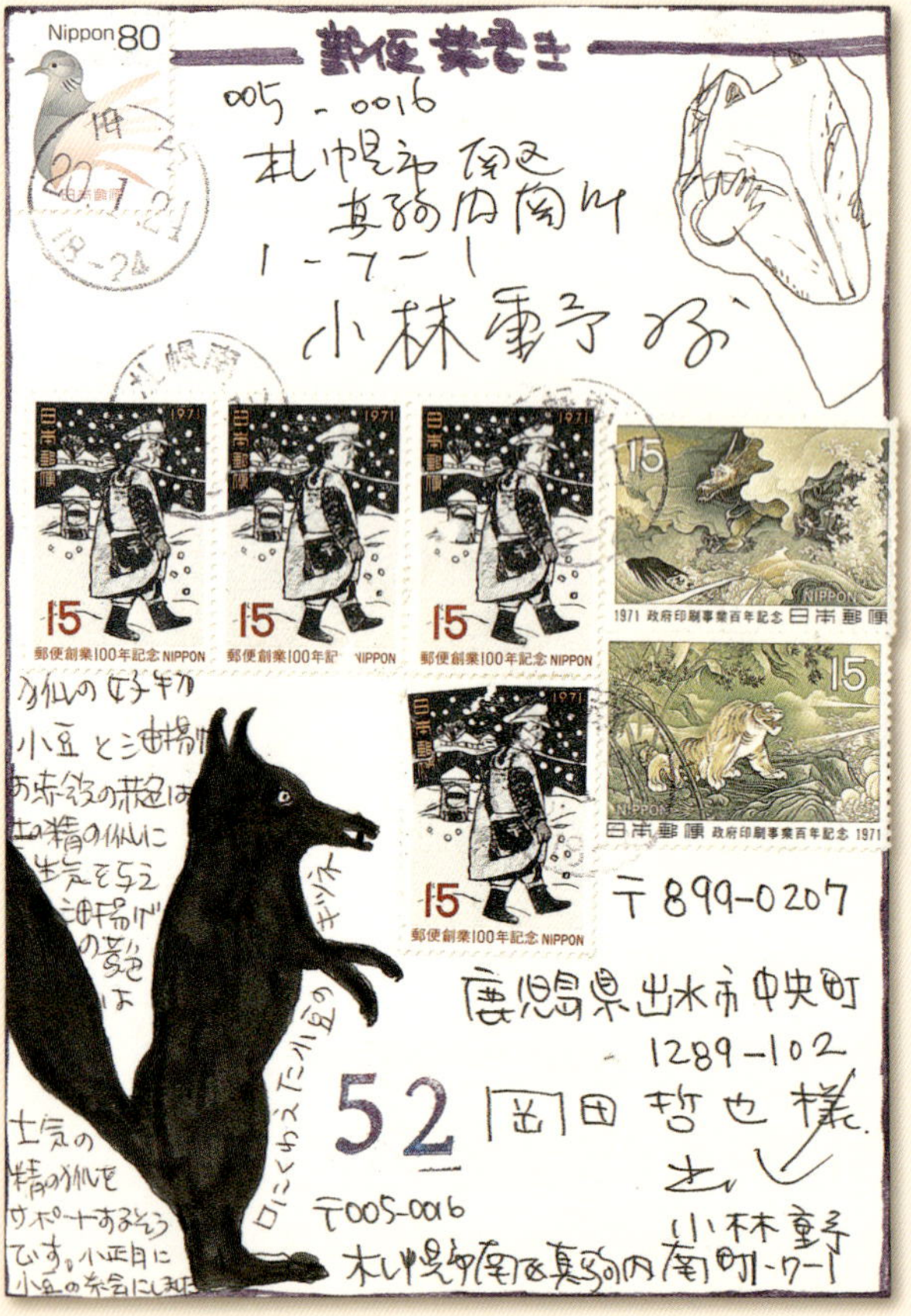

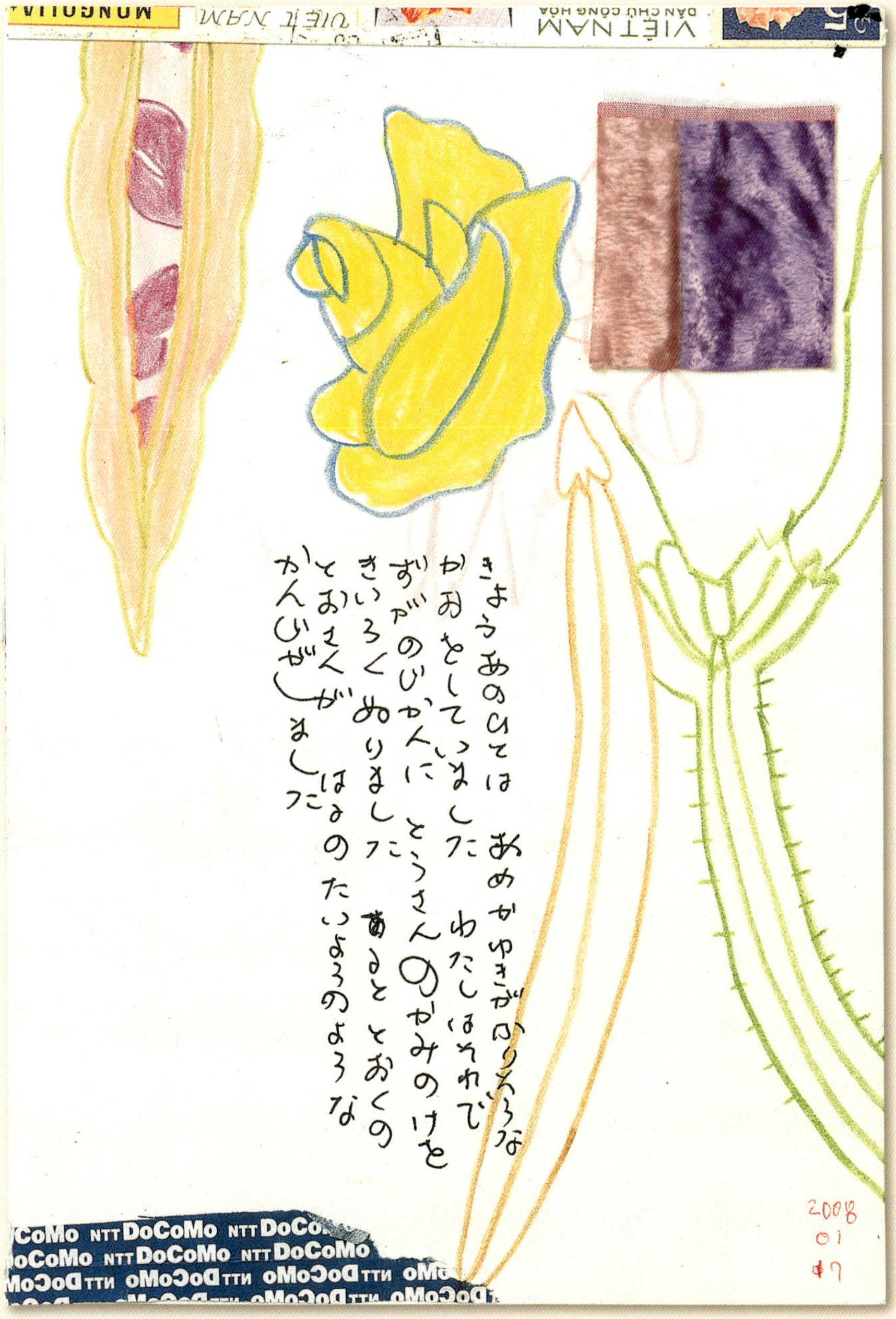

MONGOLIA
VIỆT NAM
VIETNAM
DÂN CHỦ CỘNG HÒA
きょうあめのひては あめかゆきがふりそうな
かおをしていました わたしはそれで
ずいがのびかんに とうさんのかみのけを
きいろくぬりました あると とおくの
とおさんが はなのたいようのような
かんじがしました
NTT DoCoMo NTT DoCoMo
2008
01
07

四苦八苦
目茶苦茶のかえり道

花が　闇がひらくのは
ねがいゆえか　時ゆえか

明るさのあとには　闇が
喜びのあとには哀しみが訪れる

願われると
口をとざす貝
花びらをとざす花もある

Post card
Nippon 80
〒005-0016
札幌市南区真駒内
南町1-7-1
小林重予 様
扉がひらくかな。
〒899-0207
鹿児島県出水郡
岡田哲也様
NIPPON 60
NIPPON 5
日本郵便
10
53
札幌は雪です。昨年の今日は、桜島を見ていたが、こんな真冬だったとは…と思っています。強く願えば寒さの中でも花は咲くだろうか。南方へ扉をひらきたいです。
1/16

花が
ひらくのは
ねがいゆえか
時ゆえか
喜びのあとには悲しみが訪れる
触れると
口をとざす貝
花びらをとざす
花もある
のかえり道

もしわたしのうたが
あなたのくるみの心をほぐせないなら
もしわたしが　声よりも活字を
はるかにてがるでおもいと思ったら

もしわたしのうたが
鬼をわらわせ
あなたの心にひびかないなら

夜空の星に　鉛のきのこがはえるだろう
鉛のきのこに降る雨は
龍のといきかミサイルか

いかりの夜をぶっちぎれ
まつりの昼をつっぱしれ

もしわたしのうたが
あなたのくるみの心をほぐせないなら
もしわたしが 声よりも 活字で
はるかにてがるで おもいと 思ったら
もしわたしのうたが
鬼をゆらめせ あなたの心にひびのないなら
夜空の星に 鉛のきのこが はえるだろう
鉛のきのこに 降る雨は
髪毛のとげか ミサイルか
いかりの 夜をぶっちぎれ
まつりの 昼をつっぱしれ

角はこわい　つのかくしはもっとこわい
そういう人がいますが
かたつむりをごらんなさい
しかや牛をごらんなさい
さいだってごらんなさい
みんな肉を食べる生きものではなく
葉や草を食べる生きものです
だから鬼さんも　わたしは
人喰いどころかやさしくて臆病な
生きものと思うのです

雪が武器よりやさしく降る宵は
花も黙って眠るでしょう
三千世界にあなたがまいた
しっかり乾いた　種だけが
ふかい根雪のおくそこで
みどりのつのをもたげるのです

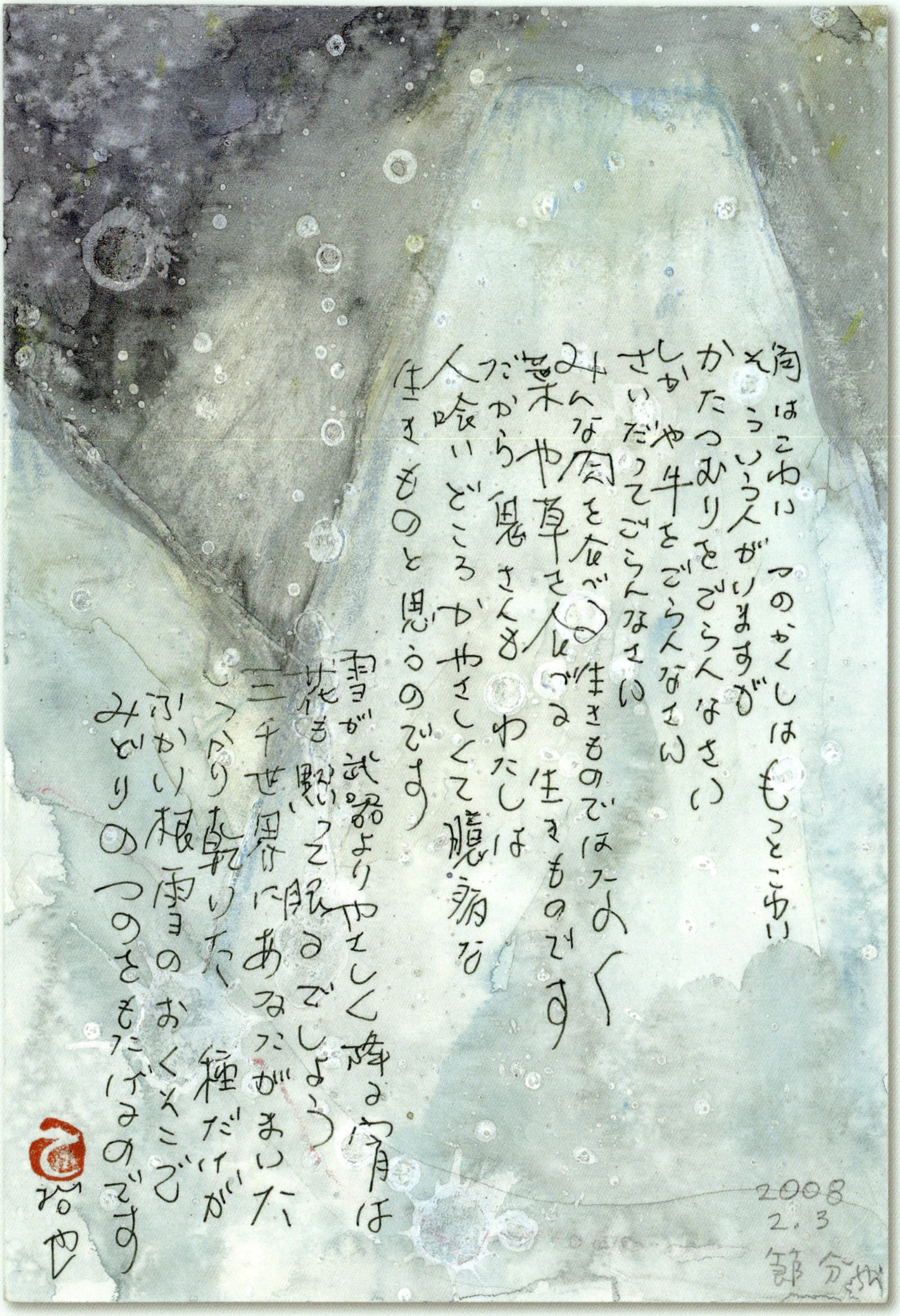
角はこわい　つのかくしは　もっとこわい
そういう人がいますが
かたつむりをごらんなさい
しかや牛をごらんなさい
さいだってごらんなさい
みんな角を食べる生きものではなく
菜や草を食べる生きものです
だから鬼さんもわたしは
人喰いどころかやさしくて臆病な
生きものと思うのです
雪が武器よりやさしく降る宵は
花も黙って眠るでしょう
二十世界にあなたがまいた
しっかり乾いた種だけが
ふかい根雪のおくそこで
みどりのつのをもたげるのです
裕也
2008
2.3
節分

札幌から

「心根」という根を持つ心、「言の葉」という葉を持つ言葉。私は、弱虫や泣き虫という感情の虫たちと契約を交わした「想いの種」が、開花結実を繰り返して生い茂る「心の庭」が存在しているように感じています。過激なことが一つも起こらない家の庭で、四年前にすっかり姿を消した葡萄が昨年、突然濃い紫の実をつけました。植木屋さんに聞くと、「根がじっと地中で回復し再生した」との答えでした。私は、このような神秘的な植物の様子に日々心を動かされています。

そして、多くの植物が雪の下で半年余りじっとしている北国に育った私にとって、南国の植生は魅惑的です。光沢のある草花が芳香に満ち、茫々と音が聞こえそうな勢いで育つインドネシアに二年、鹿児島に半年暮らした体験は、今でも鮮やかに記憶の中で萌芽しつづけています。

一九九七年、鹿児島県大口市の芸術家招聘事業に応募した際の審査員のお一人が、詩人岡田哲也さんでした。詩やエッセイなどの作品を読ませていただき、多くの「言の葉」が私の「心の庭」に舞い降り、回復力を備えた栄養のある土壌を作ることが大事だと教えられた気がしました。

鹿児島を離れ、ちょうど十年が過ぎた二〇〇七年、一年間という約束で岡田さんと〝往来葉書〟を開始しました。節分に投函した一枚が最初に私の元に届いた葉書だったので、「鬼のいる庭」というタイトルをつけました。回を重ね、消印を同じ切手面に見る面白さなども感じてゆきました。

日常の中の優しい気持ちや悲しい気分、呼吸が乱れるほど驚くこと、頭の中で巻き起こる大波小波、見捨ててしまいそうな切符・素敵なパッケージ・ラベル・布地などを貼り付け、生活の中で拾い集めた彩りを送信しました。電子メールを使えば、瞬時に地球の裏側まで用件は送信される現代ですが、往路札幌から鹿児島へ飛行し、復路再び津軽海峡を越え、暴風雪の時などは、滲んだ文字に葉書が旅した時間と距離にも思いを馳せました。

返事を待つ時間の中で、自分が描いた絵の記憶を照らす光は弱く頼りなくなります。けれども、詩人が照射する光は画中の小さな染みに焦点を当ておぼろ月に見立てたりして、その目に映る多様さに、そもそも装備している電球のワット数が違い、確かにある物として岡田さんには見えているのだ……そんなことを感じていました。毎回異なる筆記具で異なる老若男女が豊かな国語で登場し、そのことから南国で勢いのある植物に圧倒され過ごした記憶も蘇った一年間となりました。

「心の庭」は目に見えませんが、他者の存在を感じることで発芽する種が眠っていると思っています。二者の間で一枚の葉書が行き交い、共同作業の中で「待つ・繋がる・相互に関わる」ことを楽しむこの往来葉書を、私は今後も制作し普及させてゆきたいと思っています。

私は美術を意識し始めた約二十年前から、心に芽生える根拠を支える手立てとして哲学者・竹田青嗣さんの書物を繰り返し読みつづけています。その数冊は海鳥社の別府大悟さん編集によるものです。今回、「この連歌的プロジェクトはとても面白いので本にしましょう」と別府さんに言っていただけたことは、心にありありと嬉しいことでした。また、アドバイスを下さった畑江俊明さん、池田みずゑさん、ありがとうございました。最後に、岡田さんや別府さんとの出会いを作って下さった福岡・アートスペース貘の小田律子さんと、そこに集まる多くの方たちの励ましにも深く感謝しています。

この本をきっかけに、それぞれの「心の庭」で育てた「言の葉」を交わしたい相手に郵送し、新しい笑顔の葉が水草のように増えてくれることを願っています。

二〇〇九年一月　雪深い札幌より

小林重予

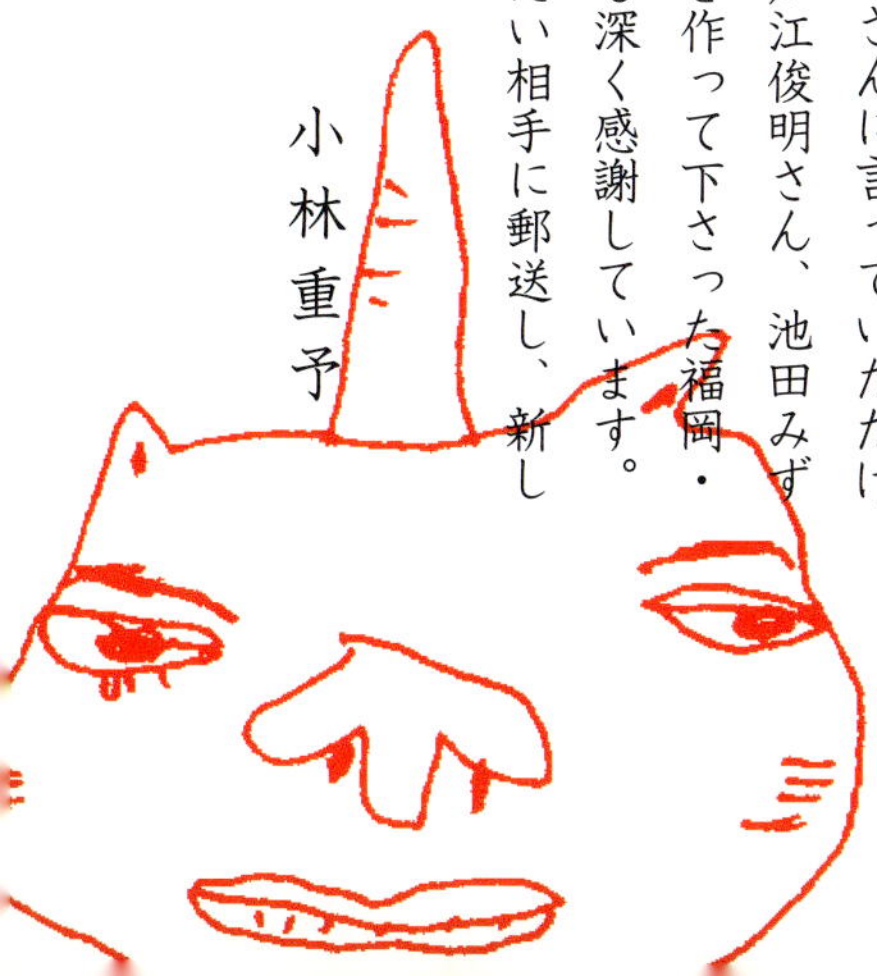

◉**岡田哲也**（おかだ・てつや）　1947年，鹿児島県出水市生まれ。野球少年だったが，いつしかバット代わりにペンを振り回すようになり，東京大学中退。詩集に『白南風』，『海の陽山の陰』，『夕空はれて』，『にっぽん子守歌』，『現代詩人文庫　岡田哲也集』など。『不知火紀行』，『薩摩ひな草紙』，『夢のつづき』などのエッセイ集のほか，このほど物語『川がき　春』，『川がき　夏』，『川がき　秋』のⅢ部作が完結したばかり。詩の朗読の出前も100回を超えた。現在も鶴がやって来る町・出水市に在住。

◉**小林重予**（こばやし・しげよ）　1957年，札幌市生まれ。国内外の個展や企画展にて創作活動を展開。1994年より２年間，インドネシアに滞在し，木彫を学ぶ。木などの自然物や金属，ガラスなど多彩な素材を用い，種子や果実，植物を思わせる有機的な生命感にあふれたイメージを創出した造形世界により，国内外で評価を得ている。公共作品はその場所性を重視し，土地の特色を紡ぎだした制作を行う。作品：越後妻有松代／札幌ドーム／JR札幌ステラプレイス／STV社屋外壁レリーフ他。札幌市在住。

往来《おうらい》葉書《はがき》　鬼《おに》のいる庭《にわ》

■

2009年３月３日　第１刷発行

2009年６月27日　第２刷発行

■

著者　岡田哲也・小林重予

発行者　西　俊明

発行所　有限会社海鳥社

〒810-0074 福岡市中央区大手門３丁目６番13号

電話 092(771)0132　FAX 092(771)2546

http://www.kaichosha-f.co.jp

印刷　秀巧社印刷株式会社

製本　日宝綜合製本株式会社

ISBN978-4-87415-712-1

[定価は表紙カバーに表示]